吸血鬼と怪猫殿

赤川次郎

集英社文庫

イラストレーション／ホラグチカヨ
目次デザイン／川谷デザイン

吸血鬼と怪猫殿

CONTENTS

吸血鬼と怪猫殿

土曜の夜と吸血鬼の朝

タイトルロール

「今度は悪くないぜ」

と、八代《やしろ》がいつもながらせかせかとタバコをふかしながら言った。

「タイトルロールだからな、何しろ」

それを聞いて、立花竜一《たちばなりゆういち》は思わず腕時計の日付へ目をやった。

「エイプリルフールには少し早いぜ」

と、立花は言ってやった。

今はまだ三月の初め。日がかげると、風は肌寒いほどだ。

「たまには俺の言うことも信じろよ」

と、八代が苦笑して、

「じき、プロデューサーがここへ来る。引き受けてくれよな。頼むぜ」

そう言われても、立花にはそうおいそれと信じられない。

「タイトルロール」というのは、映画やお芝居でタイトルになっている役のことだ。

「ハムレット」とか「ロミオとジュリエット」などはもちろんだが、名前がタイトルに入っていなくても、「ヴェニスの商人」はシャイロックの役が「タイトルロール」である。

例外はあるにしても、タイトルロールは当然主役か、それに近い大きな役である。

「何をやれっていうんだ？」

立花の所属する劇団〈K〉の事務局長、八代とは、もう五年来の付き合いで、相手が言い辛《づら》いときは雰囲気で察することができる。

今日の八代も、「タイトルロール」だと威張っているくせに、なかなか言いたがらない。——何か言いにくいわけがあるのだ。

「はっきり言ってくれ。文句つけようってわけじゃない」

「ああ、だけど……。あ、来た来た。あの人から直接聞いた方がいい」

やせた八代の倍はあろうという、TV局のプロデューサー、風戸《かざと》修《おさむ》は、軽く立花へ会釈《えしゃく》してソファに座った。

「それで？」

と、いきなり八代の方へ、

「話はすんだのか？」

「今、話してたところです」

「何だ、早くしてくれ。忙しいんだ」

風戸は露骨にいやな顔をした。そして、

「立花君。あんたの舞台は何度か見てる。良かった」

と、ぶっきらぼうに言う。

「どうも」

立花も、前に二時間ドラマの小さな役に出たとき、風戸を見かけている。

「やってくれるか？　面白い役じゃないだろうが、ワンクール、十一回の連続ドラマで、今からスケジュールの取れる役者がいない。ああ、聞いたかもしれんが、予定した役者が未成年の女の子に手を出して捕まってね。当然降板して、その代わりに、ってことだ。もうあさって収録に入るから、この場で決めてくれないと困るんだ」

八代がわざと目をそらしているのを見て、立花はムッとした。肝心のことは何も言わないで！

「仕事はほしいですが……」

と、立花は言った。

「どんな役でしょうか？」

「それも聞いてないのか？　おい、八代――」

と文句を言いかけてやめる。

「あんたの役は『狼男』。タイトルは『月に吠える男』。分かるだろ？　満月になると変身して人に襲いかかるってやつだ」

それが「タイトルロール」？　——ふざけやがって！

立花の視線など、八代は気にも止めず、

「立花はね、劇団でも抜群の運動神経の持ち主ですから。飛んだりはねたり、スタントも自分でやれますよ」

「やってくれるかね」

風戸の方が、まだ立花に気をつかってくれているようだった。

冗談じゃない！　俺はアヌイやチェーホフの劇をやるために役者になったんだ。狼の真似をして、「ウォーッ！」と吠えてみせるのか？

そんなことができるか！

言葉が喉《のど》まで出かかったが、そのとき、出がけに岐子《みちこ》から言われたことを思い出していた。

「ね、あなた……。無理しなくてもいいけど、できたら……引き受けてね」

アパートの玄関で、岐子は言ったのだった。

「ああ、話を聞いてからだけど」

「気が進まないなら、どうしてもとは言わないけど……」

立花も、聞いているのが辛くて玄関を出ようとした。すると、岐子が引き止めて、

「それと……」

「何だい？」

「もし……できたら、出演料、前借りさせてもらえないかしら。江梨《えり》の塾の月謝がたまってて……。今週は何とか払ってくれって言われてるの」

——知らなかった。娘の江梨は十一歳。小学五年生で、塾へ通っている。月謝を払っていないなどと、聞いたこともなかったのだ。

「頼んでみる」

と、立花は言って出かけてきた。

立花も岐子も今、三十四歳。役者を志《こころざ》す大学生同士、同棲から結婚、江梨が生まれた。

しかし、役者の道は厳しかった。

今も、岐子がスナックに勤めて生活を支えている。立花は、申しわけない気持ちだった。

——そう。ぜいたくを言ってはいられない。

「どうだ？」

風戸がせかせかとテーブルを指で叩いている。

「やります」

と、立花は言った。

「ありがたい！　じゃ、細かいことは後でファックスを入れる。とりあえず二カ月、体を空《あ》けといてくれ」

その気になれば、何年だって空けられる。

風戸は、満足そうに肯《うなず》くと、

「俺は次の約束がある。じゃ、これで」

と、立ち上がった。

「風戸さん」

と、立花は言った。

「お願いがあるんですが」

「何だね」

「ギャラを少し――前払いしていただけませんか」

「おい、立花」

と、八代があわてて、

「金の話は俺が――」

「分かってる。だが、今、必要なんだ。風戸さん、無理を言ってすみませんが……」

風戸は、八代が何か言いかけるのを手で止めて、

「いや、無理を言ってるのはこっちも同じだからな。八代、後で精算すりゃ構わんだろ」

「はあ……。それはもう、風戸さんさえよろしければ……」

八代は渋い顔で承知した。

「ああ、待ってくれ」

風戸は脇に抱えていたバッグを開けると、

「ちょうど、人に貸しといた金を返してもらって、持ってる。これを先払いしとこう」

立花は、まだ封を切らない百万円の束をポンと目の前に置かれて、言葉が出なかった……。

「本当に、これ……使っていいの?」

岐子が、百万円の束を目の前にして、ペタッと座り込んだまま動かない。

「当たり前じゃないか。先に払ってもらっただけで、れっきとした労働報酬なんだからな。——おい、早くしまえよ。江梨が見たらびっくりする」

と、立花は手を振った。

「あなた。――ありがとう！」

と、岐子が札束を胸に抱くようにして頭を下げた。

「よせよ。その代わり当分は忙しい」

と、立花は上着を脱いで息をついた。

岐子のことは言えない。立花自身、あの金を持って帰るのに、途中ですられたらどうしよう、落としたらどうしよう、とドキドキしっ放しで、無事我が家へ辿り着いたときにはヘトヘトになっていたのだ。

「でも……いやな役を押しつけられたんじゃないの？」

まさか、〈狼男〉とも言えず――どうせいずれは分かってしまうのだが……。

「いや、ちょっと変わった役をやりたいところだったんだ」

と、立花は言った。

「それならいいけど……。助かったわ！　これで、月謝を払っても、二、三カ月食べていける」

岐子は、身のこなしまで軽くなって、

「すぐご飯にするわね！」

と、明るい声で言った。

立花は、いささかショックを受けて、そんな岐子を眺めていた。

当たり前のことだが、「来月の生活」がやっていけるかどうか、それが岐子にとって、どんなに重大なことか、初めて実感させられたのである。

そしてもう一つ、これは快い驚きだったが、妻の喜ぶ姿を見るのが、自分をどんなに幸せな気分にしてくれるか。

立花は、〈狼男〉の役を、どんなに馬鹿らしく思えても、必死でやってやろう、と思った……。

スター誕生

「あ、狼男だ」

と、誰かが言うのを聞いて、神代《かみしろ》エリカがついそっちへ注意を引かれたとしても仕方ないことだろう。

もちろん、エリカだって本物の狼男がいると思ったわけではない。大体、満月の夜でもない、真っ昼間の都会のど真ん中に、狼男が現れるというのが妙である。

「——どうしたの、エリカ?」

一緒に歩いていたN大学の女子大生仲間、橋口《はしぐち》みどりと大月千代子《おおつきちよこ》の二人、エリカが足を止めてしまったので、振り返って訊《き》いた。

「あ、ごめん」

と、エリカは言った。

「誰かが『狼男』って言ったのよ」

「狼男?」

みどりがキョロキョロと周りを見回して、

「どこに？　見えないわよ」

「みどりなら、おいしそうだから、向こうの方から寄ってくるよ」

と、千代子がからかう。

太めのみどりは、ヒョロリとノッポの千代子をジロッとにらんだ。

「何だ、ＴＶの撮影だ」

エリカは、人だかりを見て言った。

神代エリカは、本物の吸血鬼、フォン・クロロックと日本人の母の間に生まれたハーフ。吸血鬼の能力も（父ほどではないが）持っているので、聴覚が鋭く、「狼男だ」という声も他の二人には聞こえないのを拾ってしまったのである。

「あ、見に行こう！」

大学生になっても、一向にミーハー気分の抜けないみどりは、早速その人だかりへと駆け出していた。

「みどり！　――ちょっと、みどり！」

エリカが呼び止めてもむだ。苦笑いして、エリカと千代子もついていった。

「――今、人気のあるＴＶドラマの収録でしょ」

と、千代子が言う。

「へえ。そんなの、あるの？」

「『月に吠える男』っていうのよ。狼男役の役者が上手でさ。迫力あるの。今、凄《すご》い人気なのよ」

エリカは、ロケの周囲に群がっている中高生の女の子たちの隙間《すきま》から、ＴＶカメラと、その前に立つ男を見ることができた。

決して二枚目という顔ではないが、渋くて味わいのある顔をしている。

「何ていう俳優、あの人？」

「狼男？　立花竜一《たちばなりゅういち》。劇団〈Ｋ〉っていう、マイナーなお芝居、よくやってる人なの」

「へえ。じゃ、上手なんだ」

「うん。それにね、特殊撮影かもしれないけど、ピョンって机の上とかに飛びのったりするのが凄く身軽でね。びっくりするの」

勉強一筋のような千代子も意外とＴＶの中身に詳しいことが分かった。

「女優さんもいる。――きれいな人だね」

「琴平《ことひら》めぐみだ」

「詳しいのね、千代子」

「エリカが、そういうことを知らな過ぎるのよ」

こう言われてしまっては、エリカは一言《いちごん》もない。

「はい、じゃ、立花さん、向こうから走ってきて」

と、ディレクターが指示を出している。

「琴平さん、休んでてください。呼びますから」

しかし、そう言われた主演女優は、

「いいわ。この辺で見てる」

と、傍《そば》の路上のベンチに腰をおろした。

エリカは、みんなが狼男——といっても、今は普通のビジネススーツにネクタイという「人間」の姿である——の方を見ているのと逆に、女優の琴平めぐみの方に興味を引かれた。

「じゃ、そこ、人をどかして！」

と、スタッフが大声を出す。

しかし、何しろ人通りの多い道で、なかなかみんな動かない。

すると、立花竜一がスタスタとそっちへ歩いていき、

「すみませんが、撮影ができませんから、少し退がってください。——はい、転ばないようにね！——そう、もう少し」

さすが、スターの言うことはみんなよく聞く。

エリカは、立花が少しも偉そうにしないでファンに接しているのを見て感心した。そ

して目を琴平めぐみに戻すと――。

今、二十七、八で、若々しさと女らしさが輝くようなその女優が、目をキラキラ輝かせながら、立花竜一の方をじっと見つめているのに気づいた。

この人、あの男性に恋してる！

エリカは別に恋愛のベテランというわけではないが、それでも一目で分かるほど、彼女の気持ちははっきりしていた。

「――千代子」

と、エリカはつついた。

「何？」

「立花竜一って、独身？」

「違うよ。同じ大学で知り合った奥さんと、娘がもう十歳くらいになってるんじゃない？　どうして？」

「別に……」

こりゃ、もめるかな。――エリカは、遠からず立花と琴平めぐみの仲が、週刊誌をにぎわすだろうという気がした。

何て美しい人だろう。

たものだ。

——琴平めぐみは、自分がそんなふうに考えていることに、初めはひどくびっくりした。

これまでにも、いろいろな男を見て、「可愛い」とか「すてき」、「ハンサム」だと思ったことはある。何といっても芸能界にいるのだ。「いい男」には事欠かない。

けれども、「美しい」と思ったのは、初めてのことだ。

「はい、それじゃ行きます。立花さん、いいですか？　——じゃ、スタート！」

ディレクターの声が飛ぶ。

ずっと先の角から、立花竜一が現れる。もう走っていた。

そしてこっちへ走ってくる。——琴平めぐみは改めて思った。

何て美しい人だろう……。

——めぐみも、初めて会ったときから、立花を「美しい」と思ったわけではない。

むしろ、立花の役をやることになっていた、元ロックシンガーのファンだったので、共演できなくなって残念だった。そのせいで、「代役」の立花に好感を持っていなかった、というのが本当のところだ。

それに、いくら他の役者が見つからなかったといっても、立花はほとんど無名で（実際、めぐみは全く知らなかった）、その点でも相手役として苦情を言うこともできたのだ。

　しかし、時間がないということも分かっていたし、めぐみは仕方なく立花を相手に、収録に入ったのである。

「あんなパッとしない男と、どうやってラブシーンやるの？」

と、聞こえよがしにマネージャーに嘆《なげ》いてみせたりもした。

　けれど、収録が始まると、立花はセリフもきちんと入っているし、ディレクターの指示に応じて、的確に演技を変えることができる。

　プロの役者なのだ、と認めながら、そう口にするのは悔しかった。

　ところが、初回の最後のシーンで、父の後を継いだ女社長であるめぐみが、社長の椅子に座って、大きな机越しに立花と対決するところ。

　立花をさんざん侮辱《ぶじょく》し、ののしると、じっとこらえていた立花がやがて体を震わせ始め、狼男としての顔を垣間《かいま》見せる、という場面だった。

　ディレクターが立花に何か耳打ちしているのに、めぐみは気づいていた。

　そして、

「時間がないから、いきなり本番」

と言われてびっくりする。

　それでも、立花に負けてはいられない、と必死で長ゼリフを頭へ叩き込んでおいたので、立花を怒鳴りつけるところは上手《うま》くやれた。

立花が怒りに顔を真っ赤にし、握りしめた拳が震える。――それは、演技と分かっていても、めぐみが「怖い」と感じるほど、真に迫ったものだった。

その怒りが頂点に達したときシナリオでは、立花はカッと目を見開いて、めぐみをにらむだけだった。

ところが、突然、立花は二人の間の大きな机の上に、パッと飛び上がったのだ。そして両足を踏ん張って、めぐみを上からにらみつけたのである。

立花は、飛び上がるのに、ほとんど腰を落としも、膝《ひざ》を曲げもしなかった。ただ、パッと宙を飛んで、机の上に立ったのだ。

これにはめぐみもびっくりした。一瞬、思わず椅子の中で身を引いた。

「――OK！」

ディレクターのご機嫌な声が飛んだ。

「めぐみさん、今の表情、リアルで良かったよ！」

リアルも何も、めぐみは本当にびっくりしたのだ。

それがディレクターの狙いだったということも分かったが、めぐみは、立花の体の凄いバネにただ圧倒されていた。

それが、めぐみの立花に対する印象を一変させ、ドラマの収録が進むにつれ、ますます立花の「動き」は凄さを増した。

二回目、三回目と進むうちに、視聴者の反応もふえ、しかもほとんどは「狼男役の役者は体を張っていて、凄い」というものだった。

狼男に変身すると、立花は顔やら手の甲やらに毛をいっぱいつけて駆け回るのだが、二階のベランダから飛び下りたり、ロープにぶら下がって、道の向かい側のビルへ飛び移ったり、という危険なことを全部自分でやっていた。

めぐみは、その「動き」の美しさに、すっかりひかれていたのである。

そして――今、立花は駆けてくる。真っ直ぐに、走る姿も美しかった。

めぐみは見とれていた。

立花がカメラに向かって全力で駆けてくる。

だが、そのとき、

「キャーッ！」

という叫び声が上がった。

突然のことで、めぐみも思わず立ち上がっていた。

立花も声のした方を振り向いたが、駆け続けていた。そう急に止まれるものではない。

叫んだのは若い母親だった。

二歳くらいの子供が、何を追いかけていたのか、車道へ駆け出してしまったのである。

止めるタイミングを失ったのだろう、母親は後を追いかけようとしたが、車が次々に駆け抜けるので、車道へ出られないのだ。

子供の方は、車が来ることなど全く気にしていない様子で、タッタッと駆けていく。

そして、奇跡的に車の間をすり抜けて、ほとんど車道の中央まで行ってしまった。

危ない！　――見ていた人々は、次の瞬間には子供が車にはね飛ばされるか、急ブレーキをかけた車が次々に追突するか、どっちにせよ惨事となるのを予想していた。

そのとき、立花が車道へ飛び出したのである。

めぐみは息を呑んだ。

立花が、巧《たく》みに車の合間を縫って子供に追いつくと、パッと抱き上げた。

そして、車の流れが信号で止まるのを待って、子供を抱いて戻ってきたのだ。

一斉に拍手が起こった。立花は笑顔を見せていた。

そこへ、オートバイが二台、猛スピードで突っ走ってきたのである。競走でもしていたのか、信号を無視して突っ込んできた。

歩道へ上がろうとしていた立花を、そのうちの一台が引っかけた。子供は、危険を知った瞬間、立花が母親に向かって放り投げていた。

めぐみが悲鳴を上げる。

立花は、バイクに引っかけられると、コンクリートの路面に叩きつけられた。そしてバイクの方も横転し、火花を飛ばしながら滑っていった。

「――立花さん！」

めぐみが誰よりも早く駆け出していた。

そして、それに続いたのはエリカだったのである。

事件

「それで、どうなったの？」

と、涼子《りようこ》が訊《き》いた。

「立花《たちばな》って人、コンクリートの車道にひどく頭を打ちつけてね、しばらく気を失ってたんだけど、救急車が来る前に気がついて」

と、エリカは夕食をとりながら言った。

「頭を打ったんでしょ？　危ないわね」

「でも、『後の収録に響く』って言って、ともかくロケの場面を十五分くらいかけてとったの。それから救急車に自分で乗って」

「大丈夫だったのか？」

と、父、フォン・クロロックが言った。

「さあ。検査してもらったんでしょうけど、その結果までは知らないわ」

「虎《とら》ちゃん！　こぼれてるわよ！」

と若き継母《ままはは》、涼子が赤ん坊の虎ちゃんを叱《しか》っている。

「私も、あのドラマは見とるぞ」

と、クロロックが言った。

「まあ、専門的（？）に言うといろいろ問題もあるが、なかなか良くできとる」

「あなたは、あの琴平《ことひら》めぐみって女優が好きなだけでしょ」

妻の涼子の鋭いひと言に、クロロックは焦《あせ》って、

「な、何だそれは？　そういう名前なのか、あの女優は」

と、あまりに見えすいた言い方に、エリカはふき出してしまった。

「今の話にも出てきたでしょ」

「うん……。確かに魅力的でないとは言わん」

クロロックは汗を拭《ふ》いて、

「しかし、あの狼男役の役者の動きは大したものだ」

「そうだね。身が軽いし――」

「身が軽いだけではない。あの跳躍力や動きの速さは、ちょっと人間離れしておる」

エリカは食事の手を止めて、

「まさか……。本物の狼男だなんて言わないよね」

「そんなもの、本当にいるの？」

と、涼子が顔をしかめる。

「満月が来ると変身して、毛むくじゃらになって人を襲うというのは創作だ。しかし、単に人を襲って、喉《のど》をかみ切るといった事件はあった」

「それって、狼と関係が？」

「よくは分からん。少し頭のおかしいのが、狼男の映画などから影響を受けて、自分のことをそう思い込んでしまうということはあるだろう」

「いやね、物騒だわ」

と、涼子は虎ノ介《とらのすけ》にご飯をやりながら、

「そんなのが出てきたら、虎ちゃん、かみついてやんなさい」

「ワア」

と、虎ちゃんが両手を上げて「返事」をした。


「あなた、大丈夫？」

と、岐子《みちこ》は、夫が帰宅するなり言った。

昼間のロケ先での出来事は耳に入っていたのだ。

「ああ、俺は石頭なんだ。ちゃんと病院で検査も受けたし、何も異状はない」

立花は後頭部に手をやって、

「少しこぶになってるけどな」

「人助けをしたんだものね」

と、岐子は笑って、

「お腹空いたでしょ！　すぐ温めるから」

「ああ。狼のように食うぞ」

と、立花は言った。

「お帰り、お父さん！」

江梨《えり》が飛び出してくる。

「やあ。もう風呂に入ったのか？」

――狼男役の大当たりで、立花たちはあのボロアパートから、今のマンションへ越してきていた。

「お父さん、友だちがね、サインしてほしいんだって」

「そうか。いいよ。色紙でいいのか？　その友だちの名前を――」

「メモ、テーブルに置いてある」

と、手回しのいいこと。

――立花は、着替えをしてからダイニングキッチンの岐子の所へ行って、

「おい、岐子。これ……」

と、封筒を渡す。

「お金？」

「午後、イベントにゲスト出演したんだ。その謝礼。現金で出るから助かるな」

「ありがとう」

岐子は、封筒を引き出しにしまうと、

「あなた……。無理しないでね」

と言った。

「大丈夫さ。別に病気一つしないだろ」

「そうじゃないの。お金を稼いでくれるのは嬉しいし、おかげでこのマンションにも住めるけど……。ただ、あなたが狼男の格好でイベントに出たりしてるのを見ると……」

と、岐子は口ごもった。

「岐子。──ま、確かに、一生こればかりやっていこうとは思わないさ。だけど、正直言って、俺は人をびっくりさせて楽しんでるんだ。それにドラマの方も、ずいぶんシナリオでセリフもふえたし、これはこれで工夫ができて面白いんだ」

「それならいいけど……。あ、お鍋！」

岐子があわててガスの火を消す。

「そういえば、八代《やしろ》さんが連絡とりたがってたわ」

「八代？」

劇団〈K〉の事務局長だ。

「電話があったのか？」

「今日、みえたのよ」

「ここへ？　変だな。会いたいのなら、ロケ現場にでも来りゃいいのに」

「何だか二人で話がしたかったみたいよ」

岐子は八代のことをあまり好いていない。

「後で電話してみるよ」

と、立花は言った。

食事をしていると、電話が鳴って、岐子が出た。

「――あ、お待ちください。――あなた、八代さん」

「そうか」

立花が出ると、

「やあ、狼男！」

「酔ってるのか？」

「ちっとも！　お前の帰りを待ってる間に軽く一杯引っかけただけさ」

「今どこにいるんだ？　こっちへ来るか」

「駅前のバーにいる。出てこいよ」

「分かった。店の名前は？」

立花はメモを取って、

「十五分くらいしたら出るよ」

と言って、電話を切った。

「何の用なのかしら」

と、岐子が少し心配そうに言った。

「大したことじゃないさ。あいつはブツブツ文句を言ってるのが趣味なんだ。さ、しっかり食べるぞ。あんな奴、いくらでも待たせてやる」

と、立花はまた食事に取りかかった。

——八代の話は金のことだ。

劇団〈K〉の一人として、立花のギャラは一旦劇団へ入り、半分を劇団が取って、半分立花に支払われる。小さな、売れる役者などいない劇団〈K〉にとって、今、立花の稼ぎは大きな収入源だった。

立花も、そのこと自体は了解しているし、それで本公演の赤字も埋められたので喜んでいた。

しかし、こんなに評判になる前、立花は「狼男」関連の、ギャラ以外の収入——今日のイベントの謝礼など——については、自分がもらうということで、八代と話し合いがついていた。

　むろん、八代も、こんなに立花の「狼男」が評判を取るとは思ってもいなかったから、軽い気持ちでOKしたのだ。それが今では、狼男のキャラクターグッズをTV局が作って売るほどになり、その売り上げの何パーセントかが立花へ入る。

　そのおかげでこのマンションが買えたようなものだ。

　そうなると八代は、ギャラ以外の収入も一旦劇団へ入れろと言いだしたのだった。

「ちょっと出てくる」

　立花は、ガブッとお茶を飲んで、立ち上がった。

「あんまり遅くならないでね」

「ああ、明日も朝からスタジオだからな」

　立花は、靴をはいて、

「先に風呂へ入ってろよ」

と言うと、玄関を出た。

　マンションのロビーへ下りていくと、誰かがロビーのソファに座っている。

「――めぐみ君？」

　立花はびっくりした。琴平めぐみが立ち上がって、

「立花さん！　大丈夫だったの？」

「ああ。君——心配してわざわざ？」

「だって、あの後、私はよその仕事があって……」

「そりゃ悪かったな。何ともないよ、この通り」

と、立花は笑って、

「狼男は不死身だよ！」

「立花さん——」

と言うなり、めぐみが立花に抱きついてくる。

「めぐみ君……。君、どうして部屋のチャイムを鳴らさなかったんだ」

「だって……」

「いつからここに？」

「少し前よ。やっと仕事がすんで……よっぽどお電話しようかと思ったけど……。奥さんに悪くて」

立花は面食らった。

「めぐみ君……」

「あなたが好きなの」

と、めぐみは言った。

「僕はただの売れない役者だ。君はもうスターなんだぜ」

「そんなこと、どうだっていいの。——でも、あなたは狼になって私のこと襲ったりしてくれないわよね」

「めぐみ君……」

誰かがエレベーターで下りてくる気配があって、二人は急いでマンションを出たのだった……。


助けは必要なかった。

公園の中で、案の定、彼は彼女を抱きしめてキスしようとした。

エリカは、その様子を少し離れて、木のかげから見守っていた。

抱きしめられそうになった「彼女」が、親友の橋口《はしぐち》みどり。そして抱きしめようとした無謀な（?）ボーイフレンドは、同じN大四年生の、木原健一《きはらけんいち》という若者。

エリカは、二人のデートの後をずっと尾《つ》けてきたのだ。別に覗《のぞ》く趣味があるわけではない（作者にもない！）、みどりが急にエリカへ電話してきて、

「デートの間、心配なの！　お願い！　ボディガードだと思って、ついてきて」

と言ったのである。

一体何が心配なのだか。——エリカは仕方なくこうして出かけてきたのだが……。

「ヤッ！」

と、みどりの声が響いたと思うと、

「ワーッ！」

と叫び声を上げて、木原健一の体は、宙へ飛んでいた。

といって、スーパーマンならぬ身の木原、あえなく弧を描いて地面に落下。

「いてて……」

と、呻《うめ》いて、起きられなくなった。

「——みどり！」

と、エリカが出ていくと、

「あ、見てくれた？」

「今の……」

「背負い投げ。私、護身術習ってるの！　一度試してみたくてさ。ぜひエリカに見てほしかったの」

エリカは呆《あき》れて言葉もなかった。

「おい……ひどいよ……」

と、木原がやっと起き上がって、腰をさすりながら言った。

「絶対何もしないと言ったでしょ！　エリカ、行こ」

みどりは、いささか気のひけるエリカを引っ張って、さっさと行ってしまう。

「何が護身術だ！　――いてて」

木原は、情けない声を上げながら、公園の出口へ、ヨロヨロと歩き出した。

「護身術なんて……必要ねえや！　誰があんな奴、襲うかって！」

負け惜しみで、木原がそう言うと――急に傍《そば》の木立の間に何か動くものがあった。

木原は、みどりがまた戻ってきたのかと思って、あわてて、

「冗談だよ！　今のは冗談――」

と言った。

ザザッと茂みが揺れる。

「――みどり？　橋口さん？」

返事はなかった。

木原は、また歩き出した。そのとき、黒い影が、恐ろしい速さで木原へと飛びかかった。

――エリカは、足を止めて、

「今の……悲鳴だわ」

「え？」

「叫び声だった」

「木原さん、誰か他の女の子を襲ったのかしら？」

「違うわ。今の、たぶん木原さん自身の声よ」

エリカは駆け出した。みどりもあわてて追いかける。

足の速さも父親譲り。すぐに声のした辺りへやってきたが……。

木原は歩道に大の字になって倒れていた。

エリカは立ちすくんだ。

木原はもう生きていなかった。喉がかみ裂かれたように大きな傷が口を開き、血だまりが広がっている。

「——どうしたの？」

みどりも来て、びっくりしている。

「じっとして」

「え？」

「動かないで」

エリカは、感じていた。

すぐ近くに、血の匂《にお》いをさせた何かがいることを。

それは息をひそめ、じっと様子をうかがっている。

エリカは、全身の神経を研ぎ澄まして、相手の位置を見つけだそうとしたが、そうする前に黒い影が一気に木立の中を駆け抜けていった。
エリカは追った。――追って、追って、そして……。

秘　密

朝食のとき、電話が鳴るのは珍しいことではなかった。

たいていは、今日のスケジュールを確認する、プロデューサー、風戸《かざと》からの電話だ。

「あなた、風戸さん」

と、岐子《みちこ》が言った。

「分かった。すぐ出る、って言ってくれ」

「何かご用ですって」

「そうか」

立花《たちばな》が立っていき、受話器を受け取る。

「もしもし。——あ、おはようございます」

「マスコミから何か訊《き》いてこないか」

と、いきなり風戸に言われて面食らう。

「いいえ。何ごとです？」

「ゆうべ殺人事件があった。そっちの家の近くだ」

「知りませんでした。それで？」

「狼男みたいな手口だったんだ。殺されたのは大学生の男の子で、喉《のど》を裂かれている」

「それは……」

「ちょうど、『狼男』のブームだ。結びつけて考えるだろう」

「でも、まさか——」

「いや、番組の打ち切りなんてことはない。ただ、君が突然マイクでも突きつけられたらびっくりするだろうと思ってね」

と、風戸は言った。

「ありがとう、気をつかってくれて」

「今日は九時からスタジオだ。よろしく頼む」

「ええ、分かってます」

立花は電話を切った。

「——何だったの？」

「いや……」

立花は少し迷ったが、どうせ岐子も耳にすることになるだろうと思って、風戸の話を伝えた。

「まあ、怖いわね」

「この近くだそうだ。江梨《えり》も塾の帰りなんかに、遅くなるようだったら、気をつけろと言ってくれよ」

「電話しろとは言ってあるけど……。迎えに行くようにするわ」

「それがいい。そうしてくれ」

と、立花は肯《うなず》いて言った。

「ゆうべって、何時ごろだったんでしょうね」

「さあ……」

――立花は、それきり黙って食事をすませると、マンションを出た。

中古の車を買ったので、それを使っている。

今は電車での「通勤」は難しかった。素顔もすっかり知れ渡っているので、小学生・中学生などに騒がれるのである。

立花は、車を広い通りへ出すと、つい見張っている車でもないかと見回していた。

大丈夫か。――ホッとして、車のスピードを上げる。

スタジオへ行く前に寄る所があった。

道筋ではあるが、スタジオ入りが遅れてはいけない。

立花は少しアクセルを踏み込んだ。

「ヤッ！」

鋭いかけ声と共に、立花の体は、セットに組まれたマンションのベランダから宙へ飛んだ。

下は柔らかいクッションを重ねた台になっていて、立花の体はそこへ落ちて軽くはね上がった。

「ＯＫ！　凄《すご》かった」

ディレクターが声をかけると、スタジオの中に拍手が起きた。

「――休憩だ。メイクはもう落としていいよ」

と、風戸がやってきて、立花の肩を叩いた。

「ありがとう」

立花は息をついて、

「めぐみ君はスタジオ入りしてますか？」

「さっき見かけたよ。君がベランダから飛び下りるところで、スタジオを出ていった」

「そうですか」

「心配で見ていられないんだろう。君のことが好きなんだ」

「好きといっても……」

立花は笑って、

「向こうは大スターですよ。僕はしょせん『狼男役者』だ」

立花を、メイクの係が待っていて、顔や手に貼りつけた毛をはがす。

「――痛いな、これ。何とか考えてよ」

と、立花は苦笑しながら言った。

そして、鏡の中に、ふと見慣れない人間の姿を見つけて、ギクリとした。

「どなた？」

「お仕事中、お邪魔する」

と、その男は言った。

「私はフォン・クロロックという者。少々伺《うかが》いたいことがあってな」

「はあ。……ちょっと待ってください。メイクを落としてしまいますから」

立花はクリームを塗って、きれいにメイクを落とすと、

「――お待たせいたしました。しかし……妙なスタイルですね」

「狼男には吸血鬼の格好で対抗しようとした――というわけではないぞ」

と、クロロックは微笑んで、

「ゆうべの事件をご存知かな」

「大学生が殺された事件ですか」

「さよう。あのとき、事件の直前まで一緒だった女の子は私の娘の親友でな。娘も、そのとき、すぐ近くにいて、犯人を見たのだ」

「犯人を？　確かですか」

「といっても影だけだ。――娘はかなり足が速い。その娘でも追いつけなかったというのだが……」

「待ってください。本当の狼男だったとでも？」

と、立花は笑った。

「まあ、来たまえ」

クロロックは、立花を促《うなが》して、スタジオのティールームへ行った。

「こんにちは」

エリカが立ち上がって言った。

「やあ、君はあの事故のとき……」

「ええ、そうです。私、娘のエリカといいます」

「こちらの方のお嬢さん？」

「まあ、かけなさい」

と、クロロックは言った。

「すみませんが、あまり時間が――」

「なに、大丈夫。任せておきなさい」

「はあ……」

そこへ、苛々《いらいら》した様子でやってきたのは八代《やしろ》である。

「おい、立花！」

「ああ、八代か」

「インタビューだ。そう言っといたろ！」

八代は不機嫌だった。

「そうか。忘れてた。クロロックさん、申しわけないんですが……」

「待ちなさい」

と、クロロックは止めて、八代の方へ、

「この人は私と大切な話がある。分かってくれるかね」

「何だって？　冗談じゃない。こっちは仕事で……」

と、八代はクロロックをにらみつけていたが、ちょっと目をパチクリさせ、

「いやまあ……大切な話があるのなら仕方ないですね……」

「そうそう。そのインタビューの人には、少し待ってもらってくださるかな？」

「分かりました。もちろん待たせますとも！　どうぞごゆっくり！」

八代が行ってしまうと、立花は呆気《あっけ》に取られて、

「どうなってるんです？」

「いや、心配ない」

クロロックは寛《くつろ》いで、

「あんたは、外国人の血が入っているのかね？」

と訊いた。

「ええ。母方の祖父が、ヨーロッパの方の、どこだかの国の女性と結婚して。——でも、よくお分かりですね。そんなふうに言われたことなんかありません」

クロロックは話をそらして、

「あんたの跳躍力は凄いものだな。昔からかね？」

「そうですね。しかし、自分でも意識し始めたのは割合最近です。それに加えて、このドラマへの出演。——見る人や共演者をびっくりさせてやろうと思って飛び上がったり、飛び下りたりしてみると、思った以上のことができたんです」

と、立花は肯いて言った。

「でも、それが何か？」

「あんたの血筋には、たぶんいくらか人間でない者の血が混じっているな」

立花は目を丸くしていたが、

「——すると、あなたは吸血鬼の血筋で？」

むろん冗談のつもりで訊いたのだろう。

だが、クロロックが答える前に、

「ここにいたの！　捜したわ」

と、琴平《ことひら》めぐみがやってきたので、クロロックの注意もそっちへそれてしまったのである。

「――お客様だったの？　ごめんなさい」

「いやいや」

と、クロロックはニコニコして、

「どうぞおかけなさい。――立花さんはインタビューが控えておるのでは？」

勝手なことを言っている。エリカはそっぽを向いて、ため息をついた。

「私も同行しよう」

クロロックが、立花を促して立ち上がると、

「エリカ、後を頼むぞ」

「うん」

残った琴平めぐみも、エリカのことを思い出して、

「立花さんのことが心配で」

「分かります」

「あんなに真面目《まじめ》な人って、私、他に知らないわ。こういう仕事は、休みなんてあってないようなものだし」

「忙しいんでしょうね」

「ええ……。私、普通のお勤めに憧《あこが》れてたことがあるの。だって、日曜日は必ずお休みで、土曜日の夜は解放感に浸《ひた》っていられる……。どんなにすてきだろう、って……」

めぐみは独り言のように言って、ちょっと肩をすくめると、

「でも、結局不可能だったでしょうね。一度この世界で、人気が出てしまうと……。決して、人にちやほやされることを喜んでるわけじゃないの。そうじゃなくて、次から次へと、『私でなきゃできない』ってことをやっていけるって充実感のせいなの。分かってもらえるかしら？」

「ええ」

「私、正直言って、このドラマがいやだった。だって、今どき『狼男』なんて……。ねえ？　しかも、相手は全く無名の人。よっぽど降りようかと思ったのよ」

「でも、やってみて良かった？」

「そう……。立花さんは、あの役を命がけで演じてるわ。そうすると、他の人たちも必死になって、いいものになってくるのね。私、自分が恥ずかしくなったわ」

「立花さんのこと、お好きなんでしょ？」

めぐみはちょっと頬を染めて、

「ええ……。もちろん、あの人には、奥さんもお子さんもある。分かってるの。でも――」

と言いかけたとき――。

ガシャン、と何かの砕ける大きな音がして、めぐみは腰を浮かした。

「――何かしら？」

「凄い音でしたね」

エリカも立ち上がって、様子を見ていると、

「セットが崩れた！」

と声が上がった。

「立花さんが下敷きになったぞ！」

という声に、エリカも驚いた。

「行きましょう！」

と、エリカは駆け出し、めぐみもあわてて追いかけたのである。

さて、少し戻って――。

クロロックと立花は、八代がインタビュアーとしゃべっているのを見つけて、声をか

けた。

「やあ、どうも！」

と、八代はまだ上機嫌で、

「忙しいのに悪いね、立花君！」

「いや……別に」

立花が、面食らって首を振る。

「良かった！　急ぐんで困ってたんですよ」

と、インタビュアーの男は、周囲を見回して、

「ええと……。できたら、スタジオのセットの前で。写真もとりたいんで。よろしいですか？」

「もちろん」

と、立花が肯く。

早速、スタジオの中へ入って、屋敷のベランダのセットを背に、立花がインタビューを受ける。

カメラマンも来ていて、インタビューを受ける立花をとっていた。

「――すると、立花さん。今後も、こういう『狼男もの』の依頼があったら、引き受けるんですか？」

と、インタビュアーが訊く。

「役者にとって、〈当たり役〉がある、というのは幸せなことですから」

と、立花が答えた。

「なるほど。――写真、OK？　はい。――じゃ、最後に、ちょっとプライベートなことを一つだけ伺いたいんですが」

「何でしょう」

「実は、今、共演中の琴平めぐみさんと立花さんの仲が噂されているんですが、事実ですか」

立花の顔がこわばった。口を開きかけると、

「なあ、君、君」

と、八代が一応口を出そうとする。

「待ちなさい」

クロロックが八代を止めて、インタビュアーへ、

「そんなつまらんことを訊いても仕方ないだろう。そう思わんかね？」

と言った。

「あんたね。こっちも仕事で……」

と、クロロックと目が合うと、

「――うん、そうだな。つまらんことですね。誰と誰が好き合っていても、構やしないじゃないか！　まったくだ！」

むろん、クロロックの暗示にかかっているのである。

「いや、誠に有意義なインタビューでした！」

と、感動している。

「今日はみんなどうかしてるな」

と、立花が呟《つぶや》いていると、突然メリメリと何かが裂ける音がした。

何だ？　――誰もが一瞬、どこから音が聞こえてくるのか分からず、立ちすくむ。

すると突然、立花の立っていたすぐ後ろのセットが倒れてきたのである。

「あ――」

と言ったのが誰だったか。

声を上げる間もなく、立花はセットの下敷きになってしまっていた。

救　出

「――大変だ！」

八代《やしろ》が、やっと催眠が解けたらしく、大声を上げた。

「誰か！　誰か来てくれ！　立花《たちばな》を助けるんだ！」

「自分で助ければ良かろう」

と、クロロックが言った。

「ま、そりゃそうですが」

そこへ、エリカと琴平《ことひら》めぐみが飛び込んでくる。

「立花さん！　どうしたんですか、一体？」

「分からないよ。急にセットが倒れて……」

と、八代が言った。

スタジオに次々に人がやってくる。

「セットを持ち上げなきゃ！　おい、誰かロープ！」

と、八代が怒鳴る。

風戸《かざと》が人をかき分けてやってくると、

「この下に立花君が？　何てことだ」

と、険しい表情になって、

「危険だ！　作業をする者以外はスタジオを出て！」

と、見物している連中をスタジオから押し出す。

「――立花さん！　返事して！　お願いよ！」

めぐみが泣き声で呼びかけている。

「待ちなさい」

と、クロロックがめぐみの肩を抱いて、

「危ないから退《さ》がっていなさい」

「あの人……。もう助かりませんね……」

「いや、分からんよ。人間、運の強いのがいるものだ」

「――ロープをかけるったって、どうやって引っ張り上げるんだ？」

と、風戸がため息をつく。

「そこまで考えてませんでしたが……」

八代が頭をかいた。

クロロックが、エリカの方へ、

「昼飯はちゃんと食べたか」

「うん」

「なら大丈夫だな」

クロロックは、両手の指をポキポキと鳴らして、

「退がって。——みんな退がって。エリカ。立花を引っ張り出せ」

「分かった」

みんなが呆気《あっけ》に取られている間に、クロロックは倒れてきたセットの端に手をかけて、

「ヤッ！」

と、鋭く声を上げた。

セットがギーッと大きなきしみ音をたてながら持ち上がる。

「エリカ、今だ！」

エリカが床へ這うと、素早くセットと床の隙間《すきま》へ滑り込む。そして、立花の体を引っ張って出てくるのに数秒とかからなかった。

「立花さん！」

めぐみが駆け寄る。

「もういいか？　手を放すぞ」

クロロックが手を放し、セットが元の通り、ズシンと音をたてて倒れた。

立花が、めぐみに揺さぶられて、目を開いた。

「立花さん！　良かった！」

めぐみが泣きながら立花の手を固く握りしめる。

「めぐみ君……。僕は……どうしたんだ？」

と、立花は何が起こったのか分かっていない様子。

「セットが倒れて下敷きになったのよ。よく無事で……。どこか痛む所は？」

「少し背中が……。でも……骨も大丈夫みたいだ」

「奇跡だわ！　もうてっきりだめかと……」

「見なさい」

と、クロロックが言った。

「彼の体に当たった部分が、ちょうど割れている。材質の弱くなっている所だったのだろう」

「――神様って、本当にいるのかもしれないわ」

と、めぐみは言った。

「あんたはいいことを言った」

クロロックは、めぐみの肩を軽く叩いて、

「神様に感謝するのなら、その分、何か自分から犠牲を差し出さねばならん」

めぐみは、ゆっくり立ち上がると、

「分かります」

と、肯《うなず》いた。

「どういう意味かね？」

と、風戸がふしぎそうに訊《き》く。

「私……祈っていました。立花さんが助かるのなら、自分の恋は諦《あきら》める、って」

「めぐみ君……」

立花が立ち上がった。

「誓いは守らなきゃ。——立花さん。ありがとう」

めぐみは手を差し出した。

「私、あなたのことは諦めます。すてきな奥様、可愛いお嬢さんも、あなたを待っているんですもの。私、あなたが生きていてくれただけで、嬉しい」

「ありがとう、めぐみ君……」

立花がめぐみの手を握る。

「私こそ……。すてきな思い出だわ」

そう言うと、めぐみは足早にスタジオから出ていった。

「いいのか、あれで」

八代が訊く。

「うん。——あの子は立ち直るさ。まだ若いんだ。それに、仕事のプロだ」

クロロックは咳払《せきばら》いをして、

「それはそうと……。なぜセットが倒れたのか、調べてみる必要があるのではないかね？」

「いや、確かに誰かのミスでしょうが、いちいち責任がどうと言っていては、現場が進みません」

と、立花が言う。

「それは違う。今はあんた一人が危ない目に遭《あ》った。しかし、明日は別の誰かが下敷きになって、今度は死ぬかもしれん。そうだろう？」

「——そうですね」

「はっきりさせよう。——エリカ」

「うん」

「セットを支えている脚の部分をよく見てくれ」

エリカが倒れたセットへと入っていく。

「クロロックさん」

と、八代が言った。

「一体あなたは誰です？　このセットを持ち上げるなんて！　人間とは思えない」

クロロックは笑って、

「そりゃそうだとも。このマントを見よ。分からんか？　我こそ由緒正しき吸血鬼の一族、元祖、フォン・クロロック！」

パッとマントを広げてみせる。

——少し白けた沈黙の後、パチパチと気のない拍手が起こった……。

「お父さん」

と、エリカが言った。

「何か見つかったか」

「下の台を支えてる釘が何本か抜けてる」

と、エリカが手にした釘を見せる。

「おお、そうか」

クロロックは、その太い釘の一本を手に取って、

「これを抜くのは容易なことではないな。見ろ」

と、その手を広げてみせる。

「赤くなってる」

「錆《さび》がこびりついたのだ。これを抜いた人間の手にも、錆がついているだろう。――これはいい手がかりだ」

「待ってください。クロロックさん。じゃ、誰かが僕を殺そうとして、わざとセットを倒したとおっしゃるんですか？」

立花が唖然としている。

「そうとしか考えられまい」

「しかし……誰がそんな……」

「それは――」

と、クロロックが言いかけたとき、

「立花さん！　大丈夫なら、収録、始めたいんですが」

と、スタジオへ入ってきたディレクターが言った。

「しかし、セットが壊れてるんだよ」

「なに、室内の場面なら、どこか会議室でも使って、適当にとりますよ。ともかく間に合わないんだ！　やりましょう」

立花は、クロロックの方を向いて、

「お聞きの通りで、申しわけないのですが……」

「いいとも。仕事第一！　私も経営者として、よく分かる」

「お父さん。ちょっと立場が違うんじゃない？」

と、エリカは父をつついたのだった。


「――すみませんね」

と、立花は言った。

「なあに、収録がスムーズにいくようにするのは、プロデューサーの仕事さ」

風戸の運転する車で、帰宅するところだった。

立花は、セットの下敷きになったとき、背中を打っているので、大事を取って、自分の車は置いてきたのだ。

もう夜中、十二時を少し回っていた。

空《す》いた夜道を、車は気持ちよく走っている。

「――あのクロロックという人、ふしぎですね」

と、立花は言った。

「世の中には、ふしぎなことがあるものだよ」

「ええ。でも……まるで本物の吸血鬼みたいだった」

「本物かもしれないよ」

「まさか」

と、立花は笑って、

「それなら昼間は動けないんでしょ？」

「それはどうかな。──適応する、ということがある。生きていくために、昼日中でも灰にもならず活動できるように、適応したのかもしれない」

「そんな……。狼男も吸血鬼も、想像の産物じゃありませんか」

と、立花は肩をすくめる。

「そう思うか」

「そうですよ。だって──そりゃ、世間にはいろんな人間がいますからね。自分が狼男だと信じてる奴もいるでしょう。でも、満月の夜に狼に変身して人を襲うなんて……。それは映画やドラマの中だけですよ」

立花は、助手席に座っていたが、少しリクライニングを倒して、

「申しわけありません。少し眠らせてください」

「ああ、着いたら起こしてあげる。眠っていいよ」

「すみません……」

目を閉じると、立花はじきに寝入ってしまった。

そして──満月が中空にかかり、真昼のような明るさの中、立花はいつしか森の中をさまよっていた。

静かな森の奥には、美しい姫が待っている。——立花には分かっていた。それは琴平めぐみだった。

立花は先を急いだ。木立の間を駆け抜けて、そして突然、何かが行く手をふさいで立ちはだかった。

「——誰だ」

木々の影の中にいたそれがゆっくり月光の中へ歩み出てくる。

「待っていた」

と、狼男は言った。

「あなたは……」

「私はお前の先祖だ」

「——嘘だ」

立花は後ずさった。

「本当だ。私はお前が目覚めるのを、ずっと待っていた。お前は、人間でいて満足していた……。しかし、今は違う。お前は我々の血に目覚めた」

「僕は人間です」

「違う。己《おのれ》の姿を、水に映してみろ」

立花は、木立の間からチラチラと光っている泉の方へ進んでいった。

そして、泉の縁《ふち》に膝《ひざ》をつくと、前のめりになって、自分の姿を水面に映した。

そこには、毛に覆《おお》われた獣の姿があった。

「嘘だ！」

「なぜいやがる。私たちは、人間にない力を持っているのだ」

「そんなものいらない！　僕は――僕は、めぐみの愛がほしいんだ」

と、立花は言った。

「その姿で、誰が愛してくれるものか。諦めろ。私と一緒に来い」

「いやだ！」

立花は、木立の間へ駆け込んだ。

そして夢中で走り抜けて、いつしか、広い野原へ出た。

そこに、白いドレスをまとった乙女が――めぐみが横たわっていた。

立花は、そっとその傍《かたわ》らに膝をつき、めぐみの柔らかい唇にそっと自分の唇を当ててみた……。

めぐみが目を開ける。

「立花さん――」

と、その目が、ゆっくりと動いて、立花を見た。

「めぐみ」

「怪物！」

めぐみが恐怖に顔をこわばらせ、悲鳴を上げて逃げ出した。

「めぐみ！」

立花が追いかけようとしたとき、

「むだだ」

と、声がした。

「いや、追いかける」

「むだだ」

「むだだ。——むだだ」

と、その声はくり返した。

「やめてくれ！」

「お前は『怪物』なんだ」

「やめてくれ！」

「追ってもむだだ。諦めろ」

諦めろ。

立花は、うなされるように目を覚まし、

「風戸さん……」

と、呟《つぶや》く。

目の前に——毛に包まれた顔があった。そしてカーッと開いた真っ赤な口の中には、鋭い牙が白く光っていた。

「ワーッ！」

と、叫んで立花は、次の瞬間、窓から車の外へ引っ張り出されていた。

「大丈夫か」

「クロロックさん！　今、車の中に——」

と言いかけた立花の目の前から、車が猛然と走り去っていった。

「狼男がいたんです！」

「分かっとる」

「クロロックさん……」

「あの風戸の手を見たか？　赤い錆がこびりついていただろう」

「まさか……」

「あんたは、奴の血を引く人間なのだ。『狼男』のドラマで、風戸はそれに気づいた。長い間捜し求めていた、自分の子孫を、あんたの中に見出《みいだ》した」

「待ってください。まさか僕は人を殺したんじゃ……」

「いや、あれは風戸のしたことだ。あんたを見つけて興奮し、狼男の血を抑え切れなかったのだよ」

「でも――」

と、立花が言いかけたとき、遠くでドーンと、何か巨大な太鼓のような音がした。

そして夜空へやがて赤い火がチラチラと光った。

「――お父さん」

「エリカ。車は？」

「壁に突っ込んで……。爆発して、燃えてるよ」

と、エリカは言った。

「風戸さん……」

立花は、炎の方へと、フラフラと歩き出したのだった……。


「見ろ！　俺の最期《さいご》を！」

バルコニーの手すりの上に立った狼男が、大の字に手足を広げて立ち、燃え上がる炎めがけて墜落していく。

めぐみが悲鳴を上げた。

そして、画面は燃え盛る城館を映し出して終わった。

「――ＯＫ！　ご苦労様！」

と、ディレクターの声が響く。

「立花さん！　大丈夫？」

「めぐみ君……。大丈夫」

立花がメイクの毛をはぎ取りながら、

「これで終わったね」

と言った。

――クロロックとエリカはスタジオの隅から、その様子を眺めていた。

「お父さん」

「何だ？」

「立花さんがセットの下敷きになっても大丈夫だったのは、その直前に、セットの一部をお父さんが壊したからね」

「まあな」

クロロックが「力」を放射して、一瞬のうちに、セットの、立花にぶつかりそうな部分を破壊したのだ。

「別に自慢するほどのことでもない」

と言いつつ、つい胸をそらすクロロックだった。

「――クロロックさん」

立花がやってきた。

「いろいろありがとうございました」

「まあ、頑張ってくれ」

「はい。映画でも〈狼男〉をシリーズ化しようという話があって……。でも、また本物が、出てくるでしょうか？」

「そう何人もおらんさ」

「そうですね……」

「風戸も気の毒なことをした。ゆっくりと話してみたかったが……」

「立花さん」

と、めぐみが明るい声で、

「奥様がおいでよ」

「岐子《みちこ》が？」

立花が急いでスタジオの戸口へと向かう。

「――もうふっ切れたかね」

と、クロロックが言った。

「はい！　でも――」

と、めぐみはちょっといたずらっぽく笑って、

「立花さんなら、いつでも『狼』になってほしいなあ」

エリカは、女心はよく分からない、とため息をついたのだった……。

吸血鬼と怪猫殿《かいびょうでん》

罠

工事現場は、埃《ほこり》っぽく、セメントの匂《にお》いや湿った木材の匂いなどが入り混じって、長くいたい場所ではなかった。

「いやね、本当に……」

車を降りた若い女は、ちょっと顔をしかめて呟《つぶや》いた。そして車の中へ、

「どうする？　あんたは中で待ってる？」

と、声をかけた。

すると、

「ニャー」

と、つやのある声で鳴くと、一匹の黒猫が車からスルリと出てきて、女の足にまとわりつく。

「一緒に行くの？」

「ニャー」

「じゃ、いらっしゃい。——気をつけるのよ。工事現場には、いろいろ尖《とが》った物とか、破片とかが落ちてるから。けがするわよ」

重く、厚い灰色の雲の下、北風が吹き抜けて、女は思わずコートのえりを立てた。

「こんな所に呼び出して、何の用なのかしら……」

女の名は、野添悠子《のぞえゆうこ》。ほっそりとした長身で、長い髪が風で広がる。——色白な、少し不健康な印象を与えるが、美人である。

特にくっきりとした弓形の眉と、小さな唇が目をひく。

野添悠子は二十八歳。「恋人」に呼ばれて、この〈加瀬《かせ》ビル〉の工事現場へやってきたところである。

土曜日、ということもあって、夕暮れの気配の漂う工事現場には人影がない。

——工事はまだ、基礎の部分の深い穴が数十メートル四方にわたって掘られ、そこにコンクリートを流し込みながら、鉄骨が組まれつつある、初期の段階だった。

悠子は、工事用の足場の組まれた辺りまで足を進めて、そっと深く落ち込んだ穴を覗《のぞ》き込んだ。

「怖い怖い」

と、首をすぼめる。

悠子は高所恐怖症で、こうして覗いているだけで足がゾクゾクしてくる。

「タマ。気をつけて。あんただって、落ちたら二度と上れないわよ」

「ニャー……」

黒いその猫は、しなやかな動きで、飼い主の足もとに絡《から》んだ。黒い毛並みがつややかに光っている。そして緑色の目は、エメラルドのように深みのある色合いだった。

「――変ね」

腕時計を見た悠子は、眉を寄せて、

「もう約束の時間なのに……」

そのとき、頭上で、ゴトッと音がした。

悠子はびっくりして、足場を見上げると、

「誰かいるの？」

と、声を上げた。

「ニャー」

タマが鋭い声を上げた。

振り向くと、悠子は、

「何してらっしゃるの、こんな所で」

と言った。

「それはこっちの言うことでしょ」

と、赤いコートの女が言った。

「八重子《やえこ》さん――」

と言いかけて、もう一人、背広姿の男が離れて立っていることに気づいた。

「浩樹《ひろき》さん……。あなたたち……騙《だま》したのね！」

悠子が怒りに顔を紅潮させた。

「私、お父さんのサインを真似るの、得意なのよ」

と、八重子は言って笑うと、

「伝票にお父さんそっくりのサインをして、おこづかいを調達したものだわ、高校生のころから」

「――何の用なの？」

と、悠子は真っ直ぐに八重子を見つめて言った。

「そんな目で見ないでよ。私は、あなたをお父さんと結婚させる気なんかないんですからね」

「それは、お父様が決めることでしょう。子供じゃないんですから」

「三十も年下の女と再婚？　財産目当てに決まってるのに、それが分からない。――お父さんも、もうおしまいね」

と、八重子は言った。

「八重子さん。そのことはさんざん話したわ。私は、あなたより一歳しか年上じゃない。確かに、あなたの『お母さん』にはなれないと思うけど、でも、竜広《たつひろ》さんを愛しているし、竜広さんも私を愛してくれている。大人同士の恋を、あなた方に邪魔する権利はないわ」

八重子はそれを聞いて、口もとを歪《ゆが》めるように笑うと、

「邪魔なんかしないわ。でもね、あなただって、お父さんと別れるのと、ここで死ぬのと、どっちがいい、って訊《き》かれたら、どう?」

悠子が立ちすくんだ。

「——何ですって?」

悠子の目は、離れて立っている男の方へ向いた。

「浩樹さん! あなたまで、八重子さんと同じことを考えてるの?」

加瀬竜広の息子、浩樹は、三十歳にしては頭がやや禿《は》げ上がって、もう「中年」のイメージ。

「悠子さん、黙って消えてくれ」

と、浩樹は言った。

「あんたに乱暴なことなんかしたくない。でも、親父があんたと再婚するのを、放っとくわけにいかないんだよ」

悠子は、大きく息をつくと、

「殺せるものなら、殺してごらんなさい！」

と言った。

「二人で刑務所に仲良く入るといいわ。二十年？　三十年？　出てきたときは、おじいちゃん、おばあちゃんね。それでいいのね？」

浩樹は妹の方を見た。八重子の方が気が強いのだ。浩樹は八重子に引っ張られて、ここへやってきたのだろうと見当がつく。

「お兄さん！　しっかりしてよ！」

八重子が叱《しか》りつけるように言うと、

「私はやるわよ」

と、バッグを開け、中から拳銃を取り出した。

悠子もさすがに青ざめた。

「今じゃ、簡単に手に入るのよ。――痛い思いをしたい？」

八重子も、もちろん必死の形相《ぎようそう》である。拳銃を握った手は細かく震えているし、寒さの中で、汗が顔に光っている。

「さあ……。はっきり返事しなさいよ！」

と、八重子が上ずった声を上げる。

「八重子!」

と、浩樹が言った。

「やめよう! そこまでやっちゃ、やり過ぎだ」

「何言ってるのよ! 意気地なし!」

八重子が兄の方をにらんだ。

そのとき、タマの黒い体が弾丸のように飛び出すと、八重子めがけて飛びかかる。

「キャッ!」

鋭い爪が、八重子の頰を傷つけた。

引き金を引いていた。バン、と乾いた音がして、タマが短く声を上げた。

ドサッと黒い体が地面に落ちる。

「タマ!」

悠子が駆け寄った。

八重子は呆然として、左手で頰の傷を押さえている。血が流れ落ちる。

「タマ! ——タマを殺したわね!」

悠子が叫ぶように言って、八重子へつかみかかった。

「よせ!」

浩樹が悠子を後ろから押さえつけて、引き離す。悠子は手を振り回して、浩樹の腕の中からすり抜けたが、その勢いでバランスを崩した。

「あ――」

と、短く声を上げ、次の瞬間、悠子の姿が見えなくなった。

「痛い……」

八重子はハンカチを取り出して、引っかかれた傷を押さえた。ハンカチに血がにじむ。

「――悠子は？」

「落ちた」

と、浩樹が言った。

二人は穴のへりまで行って、下を覗き込んだ。

掘った穴の底に、悠子が倒れている。白いコートが広がっていた。

「――死んだの？」

「さあ……」

すると、悠子が身動きした。

「生きてるわ……。どうするの？」

「俺は……知らないよ」

「何言ってるのよ！　男でしょ！」

「お前がやると言ったんだ。俺はついてきただけだぞ」

と、二人がやり合っていると、

「手伝おうか」

と、声がした。

二人は、頭上の足場を見上げた。

作業服の男が、二人を見下ろしている。

「あんたは誰？」

と、八重子が言った。

「ここで働いてるのさ」

男は、足場から身軽に飛び下りてきた。ヘルメットをかぶり直し、

「一部始終、見てたぜ。――下へ落ちた女、どうするんだ？　じき気がつく。大声で喚《わめ》いてりゃ、そのうち、誰かに気づかれる」

八重子は肩で息をついていたが、

「――今、『手伝う』って言ったわね。どういう意味？」

「あんたが、そいつで下の女を撃ち殺したとしても、警察は動機のある人間として、まず、あんたたちを疑うだろうな。それならいっそ、死体が見つからなきゃいいんじゃないのか？」

「――どうするんだ」

と、浩樹は言った。

「この穴はビルの土台になるんだ。コンクリートを流し込んで、固める。――今、コンクリートを流し込んじまえば……」

八重子も浩樹も、さすがに息を呑んだ。

「いやなら、無理にとは言わないよ」

と、男は肩をすくめて、

「じゃ、俺は失礼するぜ」

「待って！」

と、八重子は言った。

「できるの？　本当に？」

「ああ。簡単さ」

「じゃあ、やって！」

「八重子――」

「刑務所へ入りたい？」

浩樹は黙ってしまった。

「あんた、名前は？」

「俺は、久田《ひさた》。久田修《おさむ》っていうんだ」

「久田さん。——ちゃんと、お礼はするわ」

「承知した」

久田は、足場へと上っていった。

「——八重子さん！」

穴の底から、悠子の声がした。

「ここから引き上げて！　今、出してくれたら、黙っていてあげるわ！」

「あの猫を」

「え？」

「猫を持ってきて！」

八重子に言われるまま、浩樹は血で黒い毛の濡れたタマを抱えてきた。

「中へ投げ入れるのよ」

浩樹は、タマの体を放り投げた。

「キャッ！」

と、悠子の声がした。

「どういうつもり！　八重子さん——」

ゴーッという音がした。

太い、ホースのようなものがガタガタと揺れ始め、その何十センチもある広い口から、やがて白いコンクリートが噴き出してきた。

「八重子さん！」

悠子の悲鳴が聞こえる。

「何するの！　やめて！　――コンクリートを止めて！　――八重子さん、お願い！」

八重子は深く息をつくと、穴を見下ろした。

「お願い、助けて！」

悠子が、もう膝《ひざ》の辺りまでコンクリートに埋まり、必死で穴をよじ上ろうとしている。

「八重子さん！」

「おとなしく、消えてれば良かったのよ！」

と、八重子は叫ぶなり、拳銃を構えて悠子に向けて引き金を引いた。

「アッ！」

と、肩から血がはじけ、悠子の体はコンクリートの中へ落ちて、腰まで埋まった。

ドドド、と音をたててコンクリートが流れ込む。

「よくも……よくも、こんなことを……」

悠子が、八重子を恨みのこもった目で見上げると、

「きっと――必ず後悔させてやる！　あんたたちが狂い死にするまで、たたってやるから！」

と、金切り声を上げた。

「——行きましょ」

八重子が兄を促《うなが》した。

「だけど……」

「もう、やめられないわ。そうでしょ？」

「うん……」

浩樹は、逃げるように行ってしまった。

八重子は穴から離れたが、立ち止まって、太い管からコンクリートが流れ落ちていくのを、じっと見つめていた。

——長い時間のようだったが、きっと何分間かのことだったのだろう。

コンクリートが止まり、静けさが戻る。

八重子は、そっと穴の下を覗いた。

コンクリートは、白い沼のように静かで、もう早くも固まりつつあるようだった。

「——すみましたよ」

と、男が下りてくる。

「ありがとう」

八重子は、久田という男を見て、

「いくら欲しい？」

と訊いた。

「さてね……」

男はヘルメットを取ると、無精ひげのザラついた顎《あご》を手でさすって、

「金でなくてもいいのかな？」

と言った……。

披露

「ほう、これか」

タクシーを降りると、フォン・クロロックは、真新しいビルを見上げた。

「洒落た作りね」

一緒に来ているのは、クロロックの娘、神代《かみしろ》エリカである。

むろん、読者の方々にはおなじみの通り、フォン・クロロックは正統吸血族の血を継ぐ吸血鬼で、エリカは、そのクロロックと日本人女性の間に生まれた娘である。

しかし、吸血鬼といえども、「日々の生活」というものがあって、今、クロロックは〈クロロック商会〉の雇われ社長で、若い後妻涼子《りようこ》、一人息子の虎ノ介《とらのすけ》と暮らしている。

ライトアップされた白いビルは、道行く人の足を一瞬止めさせていた。

ビルの正面玄関への階段には真紅《しんく》のカーペットが敷かれて、客を迎える。——今夜は、この新しい〈加瀬《かせ》ビル〉の完成披露のパーティが開かれるのだ。

〈加瀬グループ〉は、手広く事業を展開しているので、この二十階建てのビル全体、充分に使うほどの規模。「中小企業」のクロロック商会とはだいぶ違う。

「ウーン」

「いつまでビルを眺めて唸《うな》ってるの？」

と、エリカがつつく。

「いや、昔、私の住んでおった、トランシルヴァニアの古城の方が立派だった、と思ってな」

「そんなこと言ってたって、仕方ないじゃないの！　さ、行こう」

ビルの正面玄関を入ると、広々とした、天井の高いロビーがあり、そこでは、タキシード姿の男性たちと、ドレスや和服の色留袖《いろとめそで》で装った女性何人かが来客を出迎えていた。

白髪の、上背のある男性が、中でも上品さと風格で目立っている。

「――あれが加瀬竜広《たつひろ》だ」

と、クロロックがビルの中へ入りながら言った。

「貫禄だね」

「しかし、老けたな。あの髪は、わずか数日で真っ白になったのだそうだ」

エリカは、父の話に好奇心を刺激された。

「――よくいらっしゃいました」

と、加瀬竜広は前の客に愛想良く話しかけている。

エリカは、加瀬竜広の斜め後ろに、来客の目から隠れるようにして立っているスーツ姿の若い女性を目にとめた。

クロロックたちが進み出ていくと、その女性が加瀬へ、小声で、

「クロロック商会の――」

と言いかけるのが、エリカの耳に入った。

「分かってる」

と、加瀬が小声で答えてから、

「やあ、クロロックさん！　よくいらした」

「お招き、恐縮です」

クロロックは、マントの裾をフワリと翻《ひるがえ》し、差し出された加瀬の手を握った。

「本日は誠におめでとう。これは、娘のエリカです」

「初めまして。神代エリカです」

「可愛いお嬢さんがおいでで、羨《うらや》ましい。――クロロックさんの、その吸血鬼風マントのスタイルが似合うようなビルにしたかったのですよ」

と、加瀬は言って微笑んだ。

「いや、大変趣味の良い、品格ある建物ですぞ」

「クロロックさんにそうおっしゃっていただけると、嬉しい。本当です」

クロロック商会などとは一桁《けた》も二桁もスケールの違う大企業のオーナーなのに、少しも威張っていないところが、エリカには気に入った。

「息子の浩樹《ひろき》はご存知でしたね。その妻の充子《みつこ》。――娘の八重子《やえこ》と、その夫の久田《ひさた》です」

並んだ家族を紹介する加瀬の声には、少しも明るい響きがなかった。

浩樹という息子は、だいぶ頭が禿《は》げ上がって、いかにも不健康そうな太り方をしている。

浩樹の妻、充子は派手な化粧とドレスで、目立ってはいたが、いささか「品」というものに欠けていた。

加瀬の娘、八重子は藤色の色留袖を着こなして、一応きちんと客に挨拶《あいさつ》していたが、その夫、久田修《おさむ》は退屈さを隠そうともしない。

「――こちらへどうぞ」

社員の女性が、入れかわり立ちかわりやってきて、エレベーターへと案内してくれる。

「最上階がパーティ会場となっておりますので」

「ありがとう」

クロロックとエリカは、少しロビーをぶらつくことにした。同様にしている客が何人もいた。

「加瀬さんのそばにいた女の人は、秘書?」

と、エリカは父に訊《き》いた。

「ああ。望月玉代《もちづきたまよ》という娘で、若いが、えらく優秀な秘書で、加瀬も頼りにしている」

「分かるわ。そばに立って、来客の顔を見て、どこの誰、って教えてるものね」

「大変な数の客だろう。ともかく、〈加瀬グループ〉の関連企業、取引先だけでもいくつあるのか……」

「ねえ。よく憶えてるね。ま、お父さんなんかは憶えやすいだろうけど」

「それは当然だ。これほど威厳のある社長など、その辺を捜したって、ちょっとおらんぞ」

と、クロロックは胸を張った。

エリカは、「お父さんのような変わった格好をしていれば」という意味で言ったのだが、あえて訂正することはやめておいた。

「――でも、お父さん。あの加瀬竜広って人の髪が数日で白くなったって、どういうことなの?」

とエリカが訊く。

二人は、広いロビーの正面に来ていた。

「――これを見ろ」

ロビーの奥に、女性の立像があった。——まだ若い女性が、ごく普通のワンピース姿で立っている。

その腕に抱かれて、一匹の猫が女性の肩に前肢《まえあし》をかけ、振り返るように、飼い主と同じ方向を見ていた。

「これ、誰なの？」

と、エリカは訊いた。

「これが、加瀬竜広の白髪の原因だ」

「——娘？」

「恋人だ。——二年前、二十八歳の野添悠子《のぞえゆうこ》という女性と、加瀬氏は恋に落ちた」

「娘ぐらい年齢が離れてるわね」

「うむ。しかし、加瀬氏は前の夫人を亡くして、既に十数年たっていたしな。ともかく、二人は愛し合い、婚約した。しかし、結婚直前になって、この女性は突然姿を消してしまったのだ」

「行方不明、ってこと？」

「そうだ。当時住んでいたマンションに、荷物などはそっくりそのまま残っていた。貴重品を持ち出した様子もない」

「じゃ、何かあったんじゃゃ——」

「当然、警察も手を尽くして捜したが、結局何の手がかりもない。そして、二年たってしまった。加瀬氏は、心痛のあまりたちまち髪が白くなってしまったというわけだ」

「へえ……。じゃ、この像は――」

「行方不明になったとき、ちょうどこのビルを建て始めたところだった。それで、彼女の思い出を永遠に残したい、という気持ちと――まあ、やはり万に一つでも、彼女が生きて帰ってくれないか、という願いをこめて作らせたんだろうな」

誰の作か、その彫刻は、ごく自然な感じの野添悠子という女性をよく捉《とら》えているとエリカには思えた。

「あの猫は？」

「ああ、タマという名の黒い猫を可愛がっていたそうなんだ。見たことはないが」

「その猫はどうしたの？」

「猫も一緒に行方知れずになったんだ」

エリカは、この彫刻を作った人は、きっと猫が好きなんだろうな、と思った。猫が体をひねるようにして、振り返っている姿勢が、よくできている。

「野添悠子――か」

台座のプレートに、〈野添悠子とタマ〉と刻んである。

しかし、人一人、そして猫一匹。どこへ消えてしまったのだろう？

エリカは首をかしげた。

「さて、そろそろ上に行くか」

と、クロロックが言った。

「うん。お腹も少し空いた」

パーティで食事が出る、というので、しっかり昼は抜いてきた。

二人はエレベーターの方へ行きかけたが、

「ワーイ！」

突然、子供の甲高《かんだか》い声がして、エリカとクロロックの間を男の子が一人、駆け抜けていった。

「徹夫《てつお》！　待ちなさい！」

と、追いかけてくるのは、加瀬浩樹の妻、充子。

徹夫という息子、五つぐらいか、いかにも都会っ子らしく色白でヒョロリとしている。

「徹夫！　ジュースがこぼれるでしょ！」

と、追い回す充子が叫んだが、子供の方はまるで気にしている様子もなく、飲みかけの缶ジュースを手にロビーを駆け回っている。口が開いているので、走り回る度《たび》に中のジュースがこぼれていた。

「――甘やかされてる感じ」

と、エリカは見ていて苦笑いした。

「父親は知らん顔だ」

浩樹は、息子が何をしていようと、まるで気にもしていない様子。

「待ちなさい！」

やっと充子が徹夫の手をつかんで、

「ジュースの缶を渡しなさい！　ジュースぐらい、いくらだって飲めるじゃないの！」

と、ヒステリックに叱《しか》った。

すると、徹夫が、

「欲しい？」

と、母親を馬鹿にするように、缶を差し出しておいて、パッと取りに来た手を逃れ、何とその缶を、ロビーの壁へ投げつけたのだ。

白い大理石の壁に缶が当たって、中のジュースが飛び散った。

「もう……。何するの！」

充子は目を吊り上げて怒っているが、次々にやってくる客の前で、本気では叱れないということも、子供の方がちゃんと読んでいる。

「ねえ、ちょっと！」

充子が、女性社員を呼んで、

「徹夫がこぼしたジュース、拭《ふ》いておいて」

と命令している。

「――子供に拭かせりゃいい」

と、エリカは見ていて呟《つぶや》いた。

そして、二人がまたエレベーターへ向かおうとしたときだった。

エリカは振り向いた。

「――どうした、エリカ？」

「今……猫が鳴かなかった？」

「猫？　聞こえなかったぞ」

クロロックの聴覚は人一倍。いや、何十倍といっていい。そのクロロックが気づかなかったというのは妙だ。

「気のせいかな……」

と、首をかしげたが、そのとき、

「あれ、何なの？」

という声が上がった。

徹夫がジュースの缶をぶつけた壁は大理石だから、当然ジュースは下へこぼれ落ちるはずだが、なぜか壁にしみ込んでいったのである。

「――お父さん。見て」

「見とる」

と、クロロックも言った。

白い壁にジュースがしみ込んでいって、ふしぎな形を描いていったのだ。

それはやがて、どう見ても――猫の姿としか思えない形になった。

「あれ、猫だよ」

と、徹夫が愉快そうに声を上げた。

そのとき、短い叫び声が上がって、

「早く、そのしみを消して！」

と、甲高い声で叫んだのは、加瀬の娘、八重子だった。

「どうしたんだ」

と、加瀬竜広がやってくると、その壁を見て立ちすくんだ。

「これは……」

「ただのしみよ！　何してるの！　お客様がみえてるのに、みっともないでしょ！　布か何かで隠して、見えないようにしなさい！」

八重子は近くにいた社員に向かって叫んだ。

「お父さん、お客様がいらっしゃるわ」

と、八重子は父親を促《うなが》したが、加瀬竜広はその場を動こうとしなかった。

「これは……タマだ」

と、加瀬竜広が言った。

「お父さん！　こんなもの、ただのしみよ」

「いや、私には分かる。——タマだ」

エリカとクロロックは顔を見合わせた。

エレベーターで最上階へと上りながら、

「どう見ても、『ただのしみよ』と言ってる娘の方が動揺してたわね」

「うむ……。あの猫の姿はどうも気になる」

と、クロロックが考え込んでいる。

「気になるって？」

「エリカ、本当にお前、猫の鳴き声を聞いたのか」

「そんな気がしたけど」

「今日のパーティは、よく神経を尖《とが》らせておけ」

「ええ？　だって、お腹空いてるのに？」

「それもそうだ。——腹が減っては戦《いくさ》ができんというしな。早いところ腹ごしらえをしてしまおう」

「良かった！」

エリカがホッとしたとき、エレベーターは最上階に着いて、扉が開き、

「いらっしゃいませ」

可愛いドレス姿の娘が、飲みものの盆を手に迎えてくれる。

目の前のフロア一杯に、すでにパーティはにぎやかに始まろうとしていた。

秘　密

盛大な拍手の中、加瀬竜広《かせたつひろ》がマイクの前に立った。

「本日は、お忙しい中、私どもの新しいビルの完成披露パーティへご出席いただきまして、ありがとうございます」

加瀬の声は、マイクなしでも充分聞こえただろうと思えるほど、よく通った。

「——この二年間は、私にとって、二十年とも思えるほど長い、辛《つら》い日々でした……」

エリカは、パーティ会場の隅の方に立っていた。

クロロックと話し合って、娘の八重子《やえこ》の様子を見ていることにしたのだ。

パーティは、加瀬の挨拶《あいさつ》と、乾杯の後、歓談に入ることになっていた。——当然、立食形式とはいえ、まだ料理は手がつけられていない。

正直、エリカのお腹は時々グーッと悲鳴を上げていた。

八重子は、ウイスキーのグラスを空け、新しい一杯を持ってこさせている。エリカが数えただけで、もう四杯目である。

「飲み過ぎだな」

という声に、振り向くと、パリッとしたスーツ姿の青年が、グラスを手に立っている。

「あ、失礼。あなたのことじゃないんです」

と、その青年はエリカに微笑みかけて、

「〈クロロック商会〉の、クロロック社長のお嬢さんですね」

「そうですけど……」

「僕は、秘書室の栗田《くりた》といいます。以前は営業にいたので、クロロック社長とも何度かお目にかかっています」

なかなかの二枚目。けれども、自分でそのことをよく知っている、という雰囲気がある。

「今、飲み過ぎだ、っておっしゃったのは、八重子さんのことですか?」

と、エリカは訊《き》いた。

「あれ。ひとり言のつもりでしたが、聞こえましたか」

と、栗田は小さく首を振って、

「でも、そう思いませんか?」

「思います。もともと、あんなに飲まれたんですか?」

「強い人でしたがね。しかし、今の飲み方は普通じゃない。特に今夜は」

加瀬が、挨拶を、

「このビルは、私の愛する人のものです」

と、しめくくって、拍手が湧いた。

続いて、取引先らしい企業の社長が乾杯の音頭を取って、やっと「食べてもいい」ことになった。

エリカは素早く皿に料理を山ほど取って、八重子の姿が見える位置まで戻ると、食べ始めた。

「――何かお飲みものをお持ちしましょうか」

栗田が訊いてくれる。

「いえ、自分で……。どうも」

と、あわてて呑み込んで、

「八重子さんのご主人はどこにいらっしゃるんでしょう？」

「久田《ひさた》さんですか。大方、会社の若い女の子をどこかで口説いてるんじゃないかな」

と、栗田はニヤリと笑った。

「八重子さんのお酒はそのせいもあるんですか」

「いや、あの夫婦は初めからです。妙な取り合わせで……。あの野添悠子《のぞえゆうこ》さんが行方不明になって半年ほどして結婚したんですが……。久田さんは、もともとこのビルの工事現場で働いていたんです。どんな事情で八重子さんと結婚したのか、みんな首をかしげたもんですよ」

　せっせと食べながら、エリカは栗田の話に大いに興味を持った。

　工事現場で働いていた久田と、加瀬の娘の結婚。――恋に落ちての結婚にしては、その夫婦間の冷たさは納得できない。

「――八重子さんが苛々《いらいら》してらっしゃるのは、ロビーでの騒ぎのせいもあるんじゃないですか」

　と、エリカは言ってみた。

「ああ、聞きました。僕は残念ながら見てないんですが、猫の格好のしみが壁に現れたんですって？　まるで昔の〈化け猫映画〉だね、ってみんな話してました」

「〈化け猫映画〉ですか」

「ええ、昔、ずいぶん作られたんでしょ、〈化け猫映画〉って。もちろん僕もよく知りませんが、〈怪猫《かいびょう》何とか屋敷〉とかいって……。このビルも、今日の話がマスコミに伝わったら、〈化け猫ビル〉とでもニックネームがつくかもしれない」

「何か、タマに恨まれるようなことでもあったんでしょうか」

「さあ。しかし、浩樹《ひろき》さんにしろ八重子さんにしろ、父親の再婚には反対でしたからね。ま、お金が絡《から》めば、当然のことですけど」

栗田はあくまでクールである。

すると、八重子が人の間をかき分けてやってきた。一瞬、エリカは八重子が自分の方へ来るのかと思ったが、

「栗田君！」

と、少しもつれ加減の舌で、

「私の夫はどこ？」

「さあ……。よく知りませんが」

「隠すことないわ。私だって、あの人が何してるかぐらい、知ってる」

「僕は、久田さんの秘書じゃありませんからね」

エリカは、ちょっと妙な気がした。栗田の口のきき方が、少し横柄《おうへい》すぎると思えたのだ。

「いいから。来て！　一緒にあの人を捜してよ」

八重子が、栗田の腕をつかんで、引っ張っていく。

「ちょっと！　——痛いですよ！」

と、栗田は文句を言いながら、引っ張られていった。

エリカは、あわてて皿の料理を口の中へ詰め込むと、二人の後を追いかけていった。

途中、飲みものを運んでいる盆から、ウーロン茶のグラスを取り上げ、ガブガブと飲

み干して、

「――どうも」

と、空のグラスを戻すと、

「あれ……」

どこへ行っちゃったんだろう？

八重子と栗田の姿は、パーティの客たちの間に紛《まぎ》れて、見えなくなってしまっていた。

「参ったな……」

エリカがキョロキョロしていると、

「あ、吸血鬼のお姉ちゃん」

振り向くと、あの、缶ジュースをロビーにふりまいていた、加瀬浩樹の息子、徹夫《てつお》である。

「何よ、『吸血鬼のお姉ちゃん』って」

「だって、あの変な格好したおじさんの娘だろ」

何となく神経に障《さわ》るガキである。

「今、八重子さんが通らなかった？」

と、エリカが訊くと、

「見なかったけど、どこに行ったか、知ってるよ」

「どこ？　教えて」

「いくらくれる？」

「あのね……」

「冗談だよ。連れてったげる。おいで」

と、徹夫はスタスタ歩き出す。

エリカは、半信半疑だったが、ともかく徹夫についていった。


ドアが、かすかにきしんで、久田は顔を上げた。

「――誰だ？」

廊下の明かりをバックに、女のシルエットが浮かぶ。

「やっぱり……。こんなことだと思った」

カチッと音がして、会議室の明かりが点《つ》いた。

「おい、まぶしいぞ」

久田は、女から離れた。

「姿が見えないから、きっとこのフロアのどこかだと――」

「よせってば。俺の女房でもないくせに」

久田は、タキシードの上着を椅子の背にかけて、蝶ネクタイも外してしまっていた。

「この人、なあに？」

と、不満そうなのは、パーティのコンパニオンの女の子で、青ざめた顔で立っている充子《みつこ》を眺めていた。

「邪魔が入った。——またな」

久田は、何枚かの札を女の子へ渡した。

女の子は、パーティ用のドレスを直して、

「フン」

と、わざと充子のそばをすり抜けて出ていった。

「——あんたはひどい男ね」

と、充子が言った。

「大人同士だぜ。文句は言いっこなしだ」

久田はタバコを取り出して火を点けた。

「せめて、パーティの間ぐらい、役目を果たしたらどう？」

「俺の役目は、いなくなることさ」

と、久田は笑って、

「八重子にもそう言われてる。できるだけ、客の前に出るな、って」

「本当に……。あなたなんかと、どうして八重子さんが結婚したのか、分からないわ」

「俺と八重子は、互いに必要なのさ。しかし、愛だの恋だのってもんとは関係ない。お互い、他に誰を恋人にしてもいいってことになってるんだ」

「私が馬鹿だった。――あなたが、もっと力強い、逞《たくま》しい人かと思ったのよ」

と、充子は目をそらした。

「力強いだろ？　だから俺に夢中になってたくせに」

「そういう意味じゃないのよ。あなたには分からないわ」

「そう言うなよ」

久田が抱き寄せようとすると、充子はあわてて逃れ、

「二度とごめんだわ！」

と、叫ぶように言って、廊下へ飛び出していった。

久田は、ちょっと笑うと、タバコを灰皿へ押し潰《つぶ》し、上着を着て、出ていこうとした。

すると、

「ニャーオ」

猫の鳴き声がはっきりと部屋の中で聞こえ、久田はギクリとして振り返った。

だが――猫の姿など、どこにもない。

「空耳か？　それにしちゃ、いやにはっきり聞こえたけどな……」

と、肩をすくめ、出ていこうとして、戸惑った。

開いたままだったはずのドアが、閉まっている。そして、開けようとしても、びくともしない。

「――畜生！　――おい、開けてくれ！」

久田は声を上げた。

「おい……」

視線を感じて振り返ると、会議のテーブルの上に、真っ黒な猫が、毛並みもつややかにじっと座って、久田を見ている。

「貴様……。どこにいたんだ？」

久田は、やや青ざめていたが、

「俺は、たたりなんてもの、怖くないぞ！　あのロビーの妙なしみなんか、何だっていうんだ？」

黒猫はじっと無表情な目で久田を見ている。

久田の額に、言葉とは裏腹にじわっと汗がにじんだ。

「勝手ににらんでろ！」

と言うと、久田はドアの方へ向いて、ノブをつかんだ。

その瞬間、黒猫の体が、まるで翼でも生えているかのように、宙を飛んで、久田の首筋へ後ろからとりついた。

「よせ！　畜生！」

久田が必死で猫を振り離そうとする。黒猫は、しかししっかりと久田の背に貼りついて、離れなかった。

そして猫の前肢《まえあし》から鋭い爪が伸びると、久田の首に食い込む。

久田が叫び声を上げた。

血の匂い

「キャッ！」

充子《みつこ》が危うく飛び上がりそうになった。

「どうしました？」

と、クロロックは言った。

「あ……あなた、確か……」

「〈クロロック商会〉のフォン・クロロックです」

「そうでした！　――なぜここに？」

「パーティから抜け出して、一つ下のこのフロアへ来る人が何人もいたので、何ごとかと思いましてな」

「そう……。そうですか」

充子は落ちつかない様子で、

「私、もうパーティに戻ります……」

「久田《ひさた》さんとお会いになるのでは？」

充子がハッとして、

「どうしてそれを――」

「パーティの席でずっと久田さんのことを見つめておられた。ちょっと見ていれば分かります」

「そんなに、私……」

「久田さんはどちらに？」

充子は、ちょっと肩をすくめて、

「その奥の会議室です。――私、ほんのひとときだけだったんです。本当です。あの人は、やっぱりお金目当てに八重子《やえこ》さんと――」

と、言いかけたとき、悲鳴が廊下に響いてきたのだ。

「あれ……久田さんだわ！」

「ここにいなさい！」

クロロックは駆けていった。

ドアが閉まっている。クロロックは手をドアのノブにかけようとして止めた。

足音がして、

「お父さん！」

と、エリカが駆けてきた。

「エリカ、どうした？」

「八重子さんがこのフロアにいるらしいんだけど……。今の叫び声は？」

「見ろ」

クロロックがドアの下へ目をやった。

ドアの下の隙間《すきま》から、静かに這い出してくるのは、血だまりだった。

「ドアを――」

「ロックされているが、鍵だけではない。恨みのエネルギーが、ドアを押し戻している」

「恨み？」

「もしかすると、本当にこのビルは、たたられているのかもしれん」

クロロックは息をついた。

「消えた。――もうドアは開く」

クロロックが、手を触れることなく、力を送って、ドアを静かに開けた。

エリカも言葉を失った。

充子が、

「何があったんですの？」

と、やってきた。

「見ない方がいい」

と、クロロックが止めたが、間に合わなかった。

充子が、大きく目を見開いて、

「あれ……久田さん？」

床に広がった血だまりの中に仰向けに倒れている久田は、喉《のど》を裂かれて、目をそむけたくなる有様だった。

「誰が……あんなことを？」

充子は真っ青になって、それでも何となく現実と思えないのか、気絶もせずにすんでいた。

「分からん。――他に誰もいなかったのだな？」

「ええ……。私が出たときは……久田さん一人でした」

と、充子は肯《うなず》いて、

「でも――私がやったんじゃありません！」

「分かっとる。落ちつけ。あんたは、パーティの会場へ戻って、誰か――あんたのご亭主でもいい、ここへ来るように言いなさい」

「はい……」

と、充子がコックリと肯く。

そのとき、

「お父さん。猫の声——」

と、エリカが言った。

「猫の声だと？」

「聞こえない？　変だな」

エリカははっきり聞いていたのだ。猫が、まるで人に挑むような声で鳴いているのを。

「怖いわ！　ロビーの猫の形のしみといい……」

充子が身震いする。

「一人では無理だな。エリカ、一緒にパーティへ戻ってやりなさい」

「はい。——行きましょ」

と、エリカが促《うなが》して、行きかけたとき、

「ニャー」

と、今度は誰もの耳に鳴き声が響く。

「あれは……どうしてこんな所に——」

と、充子が言いかけて、目の前の信じられない光景に呆然としている。

喉を裂かれて、床に倒れていた久田が、急にスッと起き上がったのである。

そして、ニヤリと口もとに笑いを浮かべると、妙な仕草を始めた。まるで踊ってでもいるような――いや、どう見ても踊っているのだった。

しかしその動きは、まるで操り人形のようにギクシャクして、不自然な、無気味なものだったのだ。

エリカもゾッとして、

「お父さん、これ……」

「心配ない」

クロロックは落ちついている。

「だって……どう見たって、死んでるわ」

充子は、ガタガタ震えて、しゃがみ込んでしまった。

「そうだ。死んでいる。だから、心配することはない。人形のように、他の力で動かされているだけだ」

心配ないと言われても――血に染まったタキシード姿の久田が、白目をむいて踊っている様子は、とても見ていられるものではなかった。

「止まれ！」

クロロックが鋭く叫ぶと、ビクッとしたように、久田の動きが止まった。

「死者は離してやれ。殺しただけで、恨みは晴らしたろう」

クロロックがそう言うと、突然、久田の体は宙へ飛び上がって、エリカの方へ真っ直ぐ飛んできた。

「キャッ!」

思わずエリカが頭を下げると、久田は頭上を飛び越し、廊下を飛びはねるように行ってしまった。

「——お父さん」

「今のことは、誰にも言うな」

「でも……」

「信じてくれると思うか。死体もなくて」

言われてみればそうだ。しかし……。

「——どうしたの?」

と、声がした。

八重子が、廊下をやってくる。

「八重子さん! どこにいたの?」

充子が青くなって、八重子へ駆け寄った。

「私……ちょっと一息ついてたのよ」

栗田《くりた》と二人で、やはりこのフロアの会議室の一つを使っていたのだ。

「徹夫《てつお》ちゃんが覗くのよ。よくしつけてあるわね」

と、八重子がいやみを言うと、充子もムッとして、

「大体、あなたは何をしてたの？」

「大きなお世話」

と、八重子が言い返すと、

「だが、どんな仲にせよ、久田はあんたの亭主だった」

「――だった？」

と、八重子は笑って、

「まだ亭主よ。残念ながらね」

「生きておればな」

と、クロロックが言って、

「あれを見ろ」

廊下の奥で、久田が、またあの妙な踊りを踊っていた。振り向いた八重子は目をみはると、その場に崩れるように倒れてしまった。

「――何ですって？」

と、加瀬竜広《かせたつひろ》は面食らったように、

「パーティをすぐ終わらせろとおっしゃるんですか」

「さよう」

クロロックが肯いて、

「客の身に危険が及ぶ心配がある。すぐに客を帰していただきたい」

「クロロックさん。お言葉ですが――」

と、加瀬が言いかけたところへ、

「準備、終わりました」

と、きびきびした足どりでやってきたのは、加瀬の秘書、望月玉代《もちづきたまよ》である。

「ああ、それじゃ始めよう」

と、加瀬は肯いて、

「これから、長年の取引先の経営者の方々に感謝状を贈るのです。それから、我が社の社員から、永年勤続の表彰がある。みんな楽しみにして来ているのです。やめるわけにはいかんのですよ。クロロックさん、分かってください」

「何かあったんですか?」

と、望月玉代が訊《き》く。

「いや、久田君が、ちょっと事故に遭《あ》ったらしい」

「久田さんは、どうせ何もなさらないんですから、同じことです」

「うん、始めよう」

加瀬が壇上に上った。望月玉代が、ガヤガヤと歓談中の客にマイクを通して呼びかけると、場内が静かになる。

「私ども、〈加瀬グループ〉を、日ごろ温かく支えてくださる皆様の中から、特に長い年月、お力添えいただいた方々へ、ささやかな感謝の気持ちを表したいと存じます」

玉代のよく通る声。

感謝状の授与は、二十人近くに上るということだった。

「――お父さん」

エリカがやってくる。

「どうした？」

「久田は姿をくらましたきり。八重子さんはヒステリー状態なんで、このビルのクリニックの医者に鎮静剤を射ってもらったわ」

「そうか」

「あれは……〈化け猫〉のやったこと？」

「うむ……。恨みを晴らそうとしているのだろう。久田は、このビルの工事現場で働いていたそうだな」

「何か、野添悠子《のぞえゆうこ》さんの行方不明に係わりがあるのね」

「間違いあるまい。──工事現場か。そして、八重子と、久田のふしぎな結婚」

「いやな予感がする」

「私もだ」

クロロックは肯いて、

「壁に現れた猫の姿といい……。八重子は何か知っているぞ。──もしかすると、あの息子の浩樹《ひろき》もな」

「ということは、浩樹も狙われる可能性があるってことね」

「うむ……。あの猫は死んでいたわけだな。ということは、野添悠子も当然……」

クロロックは、会場の中を見回して、

「浩樹はどこにいる?」

「あの壇のそば。──何もしてないけど、突っ立ってるわ」

「八重子の方には?」

「あの栗田って人がついてる。あの二人、ただの仲じゃなさそうね」

感謝状が贈られる度《たび》に拍手が起こる。

そして──客たちの間をすり抜けながら動き回っているのは、徹夫だった。

セレモニーの間、客はみんな料理を食べたり飲んだりする手を休めている。徹夫は、その客の間をすり抜けて、料理をつまみ食いしていた。

そして徹夫が、足を止めた。

テーブルには、大きな魚が姿煮の格好で皿にのせられ、まだほとんど誰も手をつけていない。

「――では次に、A精機株式会社社長、川上進《かわかみすすむ》様……」

と、玉代の声が響く。

「おい、エリカ……。あの男の子を見ろ」

「徹夫って子？　――何してんだろ？」

エリカは目を丸くした。

徹夫がいつの間にかテーブルの上に、のっている。そして、皿の上の魚に、いきなりかぶりついたのだ！

手をつかわず、口の周りをソースでベタベタにしながら、凄《すご》い勢いで食べている。周囲の客が唖然としていた。

「あれはおかしいぞ」

「うん」

エリカがそのテーブルへ向かって歩き出したとき、母親の充子が駆けてきた。

「徹夫！　やめなさい！　何してるの！」

と、息子をテーブルから下ろそうとしたとき、徹夫は振り向きざま、カーッと口を開けて唸《うな》った。

そして手をまるで猫のように曲げて、母親の顔めがけてサッと走らせた。

「痛い！」

充子が声を上げた。

壇上での表彰が続いて、拍手が湧き、その声は埋もれてしまったが、エリカは充子の頰にくっきりと二本の血の筋が描かれるのを見た。

子供の爪であんな傷ができるだろうか？

すると、徹夫は突然テーブルから床へ転がり落ち、気を失ってしまったようだった。

「徹夫……」

充子は呆然としている。

父親の加瀬浩樹が、何ごとかとやってくると、

「おい、どうしたんだ？」

「徹夫が……」

充子も、一言では説明できないのだ。

「仕方ないな、まったく！」

浩樹は徹夫を抱き上げた。

「あなた……」

「奥に小部屋があったな。そこへ運ぼう」

浩樹は、気を失ってぐったりしている様子の徹夫を、目立たないように会場の隅を回って運んでいった。

準備用の小部屋は、本来応接室として使われることになっているので、ソファが入れてある。

浩樹は息子をソファの上に寝かせると、

「何だこの口の周りは……」

と、顔をしかめる。

ハンカチを出して、徹夫の口の周りにベトついたソースをこすり取ろうとするが、

「──落ちないな。まったく仕方ない」

と、舌打ちした。

すると──徹夫が、目を閉じたまま言ったのである。

「そんなもの……」

浩樹は面食らって、

「何だ？」

と、訊き返していた。

「そんなもの……コンクリートに埋められる方が、ずっと辛《つら》いよ……」

浩樹が青ざめた。

「何を言ってるんだ！」

「ベトベトしたコンクリートが、足から膝《ひざ》、膝から腰、胸……喉《のど》へと上ってくるんだよ……」

「やめてくれ！」

浩樹は真っ青になって、よろけつつ後ずさった。

「コンクリートに埋もれて死ぬ苦しさといったら……」

「よせ！　お前は誰なんだ！」

浩樹が、傍《そば》の、スタンド式の灰皿をつかむと、

「畜生！　化けものめ！」

と、振り上げた。

「何するの！」

その前へ、充子が飛び込む。振り上げられた灰皿は止まらなかった。

充子の頭めがけて、灰皿が振り下ろされる。それが充子の頭へ当たる寸前、急に見えない手で叩き落とされたように、宙へはね飛ばされ、床へ落ちた。

「——あなた！」

「充子……。俺は……」

浩樹が自分の手を見て、

「どうしたんだ？　今、俺は——」

「ウーン……」

と、徹夫が声を上げた。

「徹夫！」

と、充子が抱き起こすと、徹夫は目をパチクリさせて、

「僕……どうしたの？」

と言った。

「ついていたものが抜け出したのだ」

ドアの所にクロロックが立っている。

「クロロックさん……」

「私が今、その手から灰皿をはね飛ばさなければ、あんたは奥さんと息子を殺していただろう」

浩樹は力なく、その場に座り込んでしまった。

「あなた……」

充子が夫の傍に膝をつく。

「本当なの？　今、徹夫が言ったこと……」

「訊かないでくれ……」

　浩樹は頭を抱えて、

「訊かないでくれ……」

　と、くり返すばかりだった。

「――何とひどいことを」

　と、クロロックが言った。

「久田が、それを手伝ったのだな。それで、八重子と結婚した。――金をもらうより、確かな謝礼だった」

「あなた……」

　充子が泣きだした。徹夫が、一人ポカンとして、

「ママ……。お腹空いたよ、ボク」

　と言った。

　そのとき、パーティ会場の方でどよめきが起こった。

「何かあったぞ！　エリカ」

　クロロックとエリカは、二人で駆け出していった。

復讐

パーティの客たちは、みんな壇から少しでも離れようと、隅の方に固まっていた。

「八重子《やえこ》！」

と、加瀬《かせ》が言った。

「どうしたというんだ！」

八重子が、まるで夢の中をさまよってでもいるかのような足どりで、壇上に上ってくると、

「もう……安心ですよ。皆さん！　もう何も起こりませんから、心配しないでください……」

八重子は、上ずった声で言って笑った。

「何も起こらない」どころではない。――八重子自身、体中に血が飛び散っている。

「――返り血だ」

と、クロロックは言った。

「誰を殺した？」

「誰って――化け猫よ！」

と、八重子が言った。

「姿を変えてたのよ。栗田《くりた》君にね。――おかしいと思ったわ。栗田君がどうして、私のことを愛してくれるんだろうって思ったわ。それが分かったのよ！　あいつはね、化け猫だったのよ！」

「なぜ分かった？」

と、クロロックが訊《き》く。

「言ったのよ、私に。『恨みを晴らしてやる』って。『亭主を殺した。次はお前の番だ』って言ったの。私は久田《ひさた》とは違うわ。殺されるのをおとなしく待ってやしない。私ね、ナイフを持ってるのよ。身を守らなきゃね。それで、あいつを刺してやった！」

八重子は笑い声を上げた。

「愚かな奴だ」

と、クロロックは首を振って、

「そんな化けものが、おとなしくお前に刺されるままになっていると思うか」

――八重子は、不安そうな表情になって、

「じゃあ……何だっていうのよ」

「八重子」

と、加瀬竜広《たつひろ》が言った。

「恨みを晴らすと言ったのは、何のことなんだ？」

「お父さん……。何でもないの。何もまずいことなんか、ありゃしないのよ」

「そんなわけはないだろう！　八重子。お前……」

「お父さん！　娘が信じられないの？　娘が——娘が何をしたと思ってるの？」

八重子は必死で言い張った。

「何もしてやしない！　何かしたって証拠があれば、教えてほしいわ」

「八重子。——本当のことを言え！」

加瀬が八重子の腕をつかんだ。

「痛いわよ！　何もないって言ってるじゃないの！」

八重子が叫ぶ。

そのとき——何か、ギーッときしむ音がした。

次いで、バラバラと何かの落ちる音。

「壁が崩れてる！」

と、誰かが叫んだ。

壁にひび割れが入り、その表面がはげ落ちて、床に落ちているのだ。

「皆さん、大丈夫です！」

と、クロロックがよく通る声で言うと、一瞬パニックになりかけていた客たちが静かになった。

「今、あわてて逃げようとすると、却《かえ》ってけがをします。動かないで」

壁が、止まることなくはがれ落ちてくる。

「あれは何だ……」

浩樹《ひろき》が、フラフラと会場へやってきて言った。

「もうやめてくれ！　許してくれ！」

「お兄さん！」

八重子が、浩樹の腕をつかんで揺さぶった。

「何を言ってるの！　しっかりしてよ！」

「八重子……。やっぱり、やめときゃ良かったんだ。俺は……やめようって言ったな？　そうだろ？」

「お兄さん、やめて！」

八重子は顔を紅潮させた。

客の間から、悲鳴が上がった。

壁の割れ目から、手が――ダラリとぶら下がったのである。

「逃げよう！　早く逃げよう！」

と、浩樹が八重子の手を振り切る。

「お兄さん！」

「俺のせいじゃない！　俺は知らないんだ！」

「やめて！　もう何も言わないで！」

「こんな所に……こんな壁の中にいるわけがない！　あの女も、あの黒猫も、基礎のコンクリートの中に埋まってるはずだ！」

浩樹がそう叫んで――パーティ会場はシンと静まり返った。

長い沈黙。――壁の崩れ落ちるのが止まった。

「お前たちは……人でなしめ！」

と、加瀬が震える声で叫んだ。

「何よ！」

八重子が言い返して、

「あの女に、みすみす財産を丸ごとやるなんて、とんでもないわ！　自業自得なのよ！」

加瀬は、一瞬八重子を殴ろうとした。

「お待ちなさい」

と、クロロックが制して、

「ともかく、分かりましたな、野添悠子《のぞえゆうこ》さんがどうなったか」

「——可哀そうに」

と、加瀬が肩を落とした。

クロロックが壁の崩れてきた所へ行くと、中から出てきた腕をヒョイと引っ張って外し、みんなをびっくりさせた。

「お父さん……」

エリカがキョトンとして、

「知ってたの？」

「加瀬社長から頼まれてな。——加瀬さんは察しておられたのだ。何が起こったのか。しかし、それを確かめるのが怖かった」

「このビルの完成が、私に勇気を与えてくれたのです」

と、加瀬が言った。

「悠子が励ましてくれているような気がした。『本当のことを知って。そして受け止めて。あなたはそれができる人よ』と、彼女は言ってくれていた……」

「そこで、この壁に細工をした」

と、クロロックは崩れた壁の方を見て、

「大丈夫。わざと本物の壁の外に、薄く、はがれ落ちるように壁を塗って、この作りものの手を入れておいた」

「なんだ……」

と、エリカが胸をなで下ろす。

「それじゃ、他のことは？」

「それは私の知らんことだ。きっと、このビルが出来上がった日に、死んだタマが、主人の敵《かたき》を討とうとしたのだろう」

「やめてよ」

八重子は青ざめていたが、むしろ開き直った様子で、

「猫のたたり？　そんなもん、あるわけないじゃないの！」

「それはどうかな」

と、クロロックは首を振って、

「現に、久田は殺され、あんたも誤って栗田という男を殺した」

「どうとでもしなさいよ」

と、八重子は顎《あご》を上げて、

「栗田は女たらしで有名な男よ。久田は私が殺したんじゃない。――野添悠子だって、タマだって、死体が見つからなきゃ、殺したってことは立証できないでしょ」

八重子の、精一杯の強がりである。

「――八重子」

と、加瀬が言った。

「お前……せめて、今からでも罪を悔やんで、やり直したらどうだ……」

「私は何もやってないわ。そう言い張ったらどうする？」

八重子が挑むように加瀬を見た。

加瀬は、何とも言えず寂しい表情を見せたが、マイクの前に立つと、言った。

「――この場をお借りして、皆様に申し上げておきます」

加瀬は、会場を見回して、

「せっかく完成したところで、どうかしていると思われるでしょうが、明日から、このビルは取り壊します」

誰もが愕然《がくぜん》とした。

「土台を掘って、悠子とタマの死体があれば、きちんと弔《とむら》ってやりたい。私のわがままを許してほしいのです」

「お父さん……」

八重子は言いかけて、それから笑った。

「――どうかしてるわ！　できたてホヤホヤのビルを壊すっていうの？」

「そうだ」

加瀬は本気だ。

「呆《あき》れた！　どうかしちゃったんじゃないの？」

「そうかもしれん。しかし、どう思われてもいい。このビルを壊す」

「好きにして。付き合っちゃいられないわね」

八重子はフラッと歩き出して――足を止めると、そのまま倒れてしまった。

エリカが駆け寄って抱き起こすと……。

「ナイフ、持ってたんだ」

と、エリカは言った。

「胸を刺してる。――もう、助からないよ」

「これで、もう満足か」

と、クロロックが、誰にともなく言った。

「もう、やめろ。恨みは、晴らしただろう」

加瀬が、ふと我に返って、

「望月《もちづき》君。――どこだ？」

と、秘書を呼ぶ。

しかし、望月玉代《たまよ》の姿はどこにも見当たらなかった。

「玉代。――『タマよ』か」

と、エリカは言った。

「じゃ、あの人が？」

「おそらくな。――加瀬さん、ビルは壊さなくとも、野添さんの亡きがらを掘り出すことはできるでしょう。この浩樹さんが、どこを捜せばいいか、教えてくれるでしょうし」

と、クロロックは言って、力なく床に座り込んでいる浩樹の肩に手をかけた。

「そうですな」

加瀬は穏やかな声で、

「それより、新しい秘書を見つけなくてはならんらしい」

と微笑んだ。

すると、「ニャーオ」と……。

どこからか、温かい感じの猫の鳴き声が、パーティ会場へ広がった。

そして、浩樹が声を上げて泣きだしたのだった。

「いろいろ、お世話になって」

加瀬が、クロロックたちを一階のロビーまで送って言った。

「いやいや。——あなたも、新しい人生を始めなされ」

「もう、そんな元気は……」

と、加瀬は首を振って、

「悠子とタマ、そして私の三人で暮らせる日もそう遠くないでしょう」

と、悠子とタマの方を見やった。

壁に出ていた、猫の形のしみは、そのまま残っている。

「あれは、洗い落としたりせず、残しておきます」

と、加瀬は言った。

「きっと、このビルは〈怪猫《かいびょう》ビル〉とでも呼ばれることでしょうな」

エリカは、加瀬の顔に穏やかさが見えるのを、心から喜んだのである。

吸血鬼に賞罰なし

孤独

「それってないよね！」

「そうでしょう？　ひどいよね、それって」

一段と声が高くなるのは、「ボーイフレンドの悪口」を言ってるとき。

もともと、女の子ばかり五、六人も集まってお茶を飲んでいれば、当然話し声は大きくなるものだが、今日は特に凄《すご》かった。

お店の方も、毎日のように利用してもらっているN大生に文句など言って、

「あの店って、おしゃべりしてると『うるさい』って怒るのよ」

などと噂を広められでもしたら、商売上がったりだ。

ま、店も空《す》いていて、他の客もどうやらN大生らしいので、うるさく言うこともないと思ったのだろう、店の主人は黙っていた。

しかし、そのおしゃべりしている同じテーブルで、

「ちょっと」

と、注意する声が上がった。

「そんな大きな声出したら、他のお客さんに迷惑よ」

ところが、当の大声でしゃべっていた子たちは、

「あら、誰か大きな声なんか出した？」

「私じゃないもん」

という具合。

「だめよ。ここはN大生が大勢使う店なんだから」

と、めげることなく注意したのは、神代《かみしろ》エリカ。

「エリカ、考え過ぎよ！」

「そうよ。別に誰も文句なんか言ってないじゃないの」

と、その二人は言い返す。

「でも――」

と、エリカが言いかけたとき、

「うるさいわよ」

と、声がした。

みんなが振り向くと、店の奥で立ち上がったのは、やはりN大生らしい女の子で、

「それに、彼氏の悪口ばっかり、聞いてていやになるわ。そんなに頼りにならない人な

ら、別れりゃいいじゃないの」

と、続けた。

「――何よ」

と、言われた方もやり返す。

「あんたの彼氏じゃないんだからね！　どう言おうと勝手でしょ」

「そうよ！」

と、もう一人が加わって、

「私たち、前科者に言われたくないわね」

エリカがそれを聞いて、びっくりした。

「何て言ったの？」

「あの子、前科一犯なのよ。私、知ってんだから」

その女の子は顔を真っ赤にして、

「大きなお世話よ！」

と言い返した。

「ほら、自分だって大声出した」

「やめなさい」

と、エリカがたしなめる。

その子が急いで店を出ていってしまうと、エリカは席を立って、後を追った。

「エリカ！」

と、一緒にいた親友の大月千代子《おおつきちよこ》が呼んだが、エリカは店から出ていってしまった。

――エリカは、足早に立ち去っていく女の子へ、

「待って！」

と呼びかけた。

足を止めて振り向いた女の子は――たぶんエリカと同年代だろうが、どことなく大人の気配を漂わせている。同時に、「哀《かな》しげ」な雰囲気がその黒い瞳に見えていた。

「何なの？」

「ごめんなさい。私が言ったんじゃないけど、友だちが言ったこと、謝りたくて」

人の気持ちをはね返すような、「見えない壁」が、その子の前には立ちはだかっているようだった。

「いいわよ、別に。言われたって平気よ。本当のことだもの」

「でも、すんだことなんでしょう？　それなら、他人がとやかく言うべきじゃないわ」

「――妙な人ね。あなた……」

「神代エリカ」

「私、坂木愛《さかきあい》よ。一年生。十九だけど、少し遅れたの。でも、刑務所に入ってたわけじ

ゃないわ」

「また——会いたいわね」

坂木愛はちょっと笑って、

「変な人ね」

と言うと、

「それじゃ」

と、クルッと背を向け、そのまま行ってしまう。

エリカは何だか気になって、坂木愛の後ろ姿が見えなくなるまで見送っていたが……。

「——エリカ、どうしたの？」

店へ戻ると、大月千代子が言った。

「ちょっと謝ってきたの」

エリカは座って、

「あの子のこと、知ってるの？」

「坂木愛っていって、毎日きちんと来てるけど、ほとんど友だちってものがいないの。さっきの前科一犯って、本当よ。先生の話してるの、聞いちゃった」

「何をしたのか、知ってる？」

「男にけがさせたとか……。詳しいことは知らない」

やり合った子も、少々気は咎《とが》めているらしかった。

「前科一犯、か……」

と、エリカは呟《つぶや》くように言った。


「ああ、お帰り」

マンションへ入ると、管理人の「おじさん」が声をかけてくれる。

「ただいま」

坂木愛は、一度「お帰り」と言われる前に、自分の方から「ただいま」と言ってみたいのだが、いつも先に言われてしまう。もちろん、それが嬉しくもあるのだが。

愛がポストを覗いて、中のチラシやダイレクトメールを取り出すと、

「捨てるもんばっかり」

と言った。

「たまにはラブレターの一つぐらい入ってないかしら」

「あんたなら、いくらも来そうだがね」

と、管理人の戸部《とべ》が言った。

白髪の、もう六十代半ばの戸部は、穏やかな人柄が笑顔にも現れていた。

「ちっとも。大学でも声もかけられないわ」

と、愛がエレベーターの方へ行きかけると、

「愛ちゃん」

と、戸部が呼んだ。

愛が振り向くと、

「十分くらい前に、社長さんが」

と、小声で言う。

愛の顔から笑みが消えた。

「そう。分かった」

鍵を出して、インターロックの扉を開け、エレベーターへ向かう愛の足どりは、自然、重くなっていた。

〈505〉が、愛の部屋である。

玄関のドアはロックされていなかった。

「──今日は早いのね」

と、居間へ入って、愛は言った。

「夜の飛行機で香港《ホンコン》へ行く。少し時間が空《あ》いたんでな」

少し太り気味だが、高級なスーツに身を包んだ、ビジネスマンタイプ──もう六十だが、とてもそうは見えない。

「忙しいのね」

「お前が早く帰ってくれて良かった」

「携帯へかけてくれれば良かったのに」

「あと十分待って、帰らなかったら、そうしようと思ってたよ」

真鍋悠吉《まなべゆうきち》は手を伸ばして、愛の腰を抱き寄せた。

「どれくらい時間があるの？」

「そうだな……。八時に出れば間に合う」

「じゃ、そう急がなくてもいいわね」

愛は真鍋から離れると、

「シャワー浴びるわ。待ってて」

と、寝室へ入っていった。

一人暮らしにはいささかぜいたくな——しかも女子大生にしては——このマンションは、真鍋のお金で借りているものである。

それだけではない。

大学の学費から、生活費の一切、真鍋が見てくれている。——坂木愛は、真鍋の「愛人」なのだ。

寝室に入ると、愛は鏡台の前に腰をおろした。

このマンションの部屋には、ややそぐわない古い鏡台を、愛は大事にしている。

その鏡の中の自分へ、愛は語りかけた。

「さあ。――お仕事よ」

落ちた男

「前科一犯？　いやねえ。そんな人が大学に来てるの？」

夕食のとき、たまたま坂木愛《さかきあい》の話が出ると、涼子《りようこ》が言った。

「エリカさんも、そんな子とあんまり仲良くしない方がいいわよ」

「でも、前科一犯っていっても、どんな事情だったかも分からないし」

と、エリカは言って、弟の方へ、

「ね、虎《とら》ちゃん」

「ウォー」

と、吠えているのは、もちろん本物の虎じゃなくて、エリカの父、元祖（?）吸血鬼のフォン・クロロックと、若い後妻、涼子の間に生まれた虎ノ介《とらのすけ》である。

「人間、一度や二度は間違いを犯した方が味のある人間になれるものだ」

と、フォン・クロロックが言った。

正統派吸血鬼として、トレードマークのマントを夏でもつけているので、結構大変である。

「いやよ、あなた」

と、涼子が夫をにらんで、

「あなたも前科があるの？」

「何を言うか。勲章を受けたことはあっても、まだ罰を受けたことはない」

「勲章もらったの？」

「ああ、国難に際し、侵略してくる敵をけちらしてやって、時の国王より、勲章を受けた。大したもんだろう！」

と、クロロックが胸を張る。

家計を預かる涼子としては、つい現実的になる。エリカが訊《き》いた。

「賞金、出たの？」

「それ、いつごろの話？」

「さあ……。だいぶ前のことだからな。三百年くらい前かな」

古すぎる！

エリカは肩をすくめて、

「ともかく、坂木愛って、いろいろ事情のありそうな子なのよ。大学でも友だちを作ろうとしないらしいの。誰が声をかけても避けちゃうんですって」

「人嫌いか」

「両親とも亡くなって、一人ぼっちらしいの。その辺のことは、知ってる子がいたんだけど、でも、それ以上は……」

電話が鳴り出して、エリカはすぐに立っていった。

「――もしもし。――そうです。私、神代《かみしろ》エリカですけど。――ああ、坂木愛さん！　びっくりした。――いいえ、ちょうど今、あなたの話をしてたところ」

とエリカはチラッと父親の方を見たが、

「――え？　別に悪い話じゃないわ。――何って言われても……」

と、詰まる。

「それより、あなたって、ふしぎな子なのね。聞いたわ。人間離れしてるって」

と、坂木愛が言った。

「それはまあ……多少ね」

エリカは人間と吸血鬼のハーフである。クロロックほどではないが、特殊な能力に恵まれていた。

「相談があるの」

と、愛が言った。

「何かしら？」

「私のマンションへ来てくれない？」

クロロックが、いつの間にやら耳を澄ませている。少々離れていても、鋭い聴覚で聞き取っているのだ。

クロロックがエリカに肯《うなず》いてみせる。

「――すぐ行くわ。何か困ったことが起きたのね？」

「よく分かるわね。そうなの。――いやなら、無理しないでね」

強がっているが、声が震えている。

「変わってる人間は変わったことが好きなの。大丈夫？」

「ええ」

と、愛が平静を装って、

「大したことじゃないの。私の部屋でね、人が死んだのよ」

エリカとクロロックは、思わず顔を見合わせたのだった……。


そのマンションの前にはパトカーが何台も停まっていて、夜とはいっても、そう遅い時間ではないので、野次馬も大勢集まっていた。

クロロックとエリカがマンションの中へ入ろうとすると、警官が呼び止めて、

「こちらにお住まいの方ですか？」

と、訊いてきた。

「もちろんです」

と、クロロックが肯く。

しかし、黒マントのスタイルは、いささかうさんくさい印象を与えても仕方ない。

「あ、ちょっと、管理人さん」

と、白髪の男を手招きして、

「この人たち、ここの入居者？」

管理人は二人を見ると、

「もちろんです！　お帰りなさい」

「それならいいんです。失礼しました。ちょっと事件で」

と、警官が敬礼して出ていってしまうと、

「管理人の戸部《とべ》と申します。坂木愛さんのお客様ですね」

と、小声で言って、

「どうぞこちらへ」

インターロックの扉を鍵で開けると、

「〈505〉が愛ちゃんの部屋です」

エレベーターに乗ると、

「なかなか立派なマンションだ」

と、クロロックは言った。

「しかし、このマンションに、女子大生一人か？」

「愛ちゃんは可哀そうな子で」

と、戸部は言って、眉を寄せ、

「確かに、今の暮らしは感心したものではありません。ですが、仕方のないことだったんです。十五歳、中学三年生のとき、あの子は両親を同時に失ったんですから」

「同時に？」

「ええ、しかも一人っ子で、親戚付き合いも全くない。家のローンは残り、生活も全くの無収入では、どうしようもないでしょう」

エレベーターを降りて、戸部は先に立っていきながら、

「――あ、どうも。いえ、どうってことじゃないんです。お騒がせして」

と、途中、顔を出した女の住人に言う。

「いやよ、警察沙汰なんて」

と、その女は顔をしかめ、

「ああいう子がいると、何か起こると思ってたのよね。思った通りだわ……」

と、ブツブツ言ってからドアを閉める。

「——何かあると、必ず後で『起こると思ってた』と言いだす手合いがいるものだ」

と、クロロックは言った。

「まったくです」

戸部は肯いて、

「子供の教育に良くない、と言う人もいます」

「どういうところがいけないんですか？」

と、エリカは訊いた。

「愛ちゃんは、一人になった十五歳のときから、ある会社社長の世話になってきたんです。十六でこのマンションへ入り、今は大学へ……。同じN大だそうですね」

「ええ。——というと、その社長さん……」

「愛ちゃんは、その社長さんの『愛人』というわけです」

「十五歳から？」

「ええ。しかし、一人ぼっちになって途方にくれていた十五歳の女の子には、その手助けを受けるしかなかったでしょうがね」

〈505〉のドアが開くと、苦虫をかみつぶしたような顔の男が出てきて、

「管理人か。何だ？」

「刑事さん。こちら、坂木愛さんのお友だちで——」

「友だち？」

フンと鼻を鳴らして、

「今、坂木愛は取り調べ中だ。部外者は入れん」

「いやいや刑事さん」

と、クロロックが進み出て、

「我々は、捜査に協力するために来たのです。一般人の協力なくしては、警察の活動はうまくいかないのではないですかな？」

クロロックの目がじっと刑事の目を捉《とら》える。

「素人《しろうと》に何が――」

と言いかけた刑事は、一瞬フラッとよろけると、

「いや、まったくその通り！　一般の方々こそ、我々警察官の導き手です！」

むろん、クロロックの催眠術にかかっているのだが、そんなこととは知らない戸部がびっくりしている。

「――あんたの名は？」

「は！　瀬川《せがわ》と申します」

と、刑事は敬礼までして、

「どうかよろしくお願いいたします！」

エリカは父をつついて、

「ちょっと、やり過ぎじゃない？」

と囁《ささや》いた。

しかし、ともかくクロロックたちは瀬川の案内で505号室へ上がると、

「こちらは、特別に捜査に加わってくださることになった、フォン・クロロック名探偵とそのご令嬢だ。みんな協力を惜しまず、よく教えを受けるように！」

と、部下たちへ訓辞した。

「どうなってるんです？」

と、戸部が呆気《あつけ》に取られている。

「父は生まれつき『先生』の素質があるようなんです」

と、エリカは説明した。

何といっても、吸血鬼の寿命は人間の何倍もある。少なくとも、「先に生まれた」ことは間違いない。

「――神代さん」

と、立ち上がったのは、ガウンを着た愛だった。

「エリカと呼んで。父よ」

と紹介しておいて、

「誰が死んだの？」

「その男の名前は知らないの」

愛の返事に、エリカは面食らっていた。

「正確に言うと、この部屋で死んだわけじゃなくて、ベランダから落ちたのよ」

「それを、この子が落としたと決めつけて」

と、戸部が瀬川刑事をにらむ。

「待ちなさい」

と、クロロックが言った。

「あんたが、どこぞの社長にパトロンになってもらっていることは聞いた。ここから落ちた男というのは、その人ではないのだね」

「違います。――真鍋《まなべ》っていうのが、私の雇い主です」

「雇い主？」

「ええ。確かに私、真鍋さんの愛人ですけど、大学の学費も遊ぶお金も、すべて出してもらう代わりに、彼のお客さんの接待が仕事なんです」

と、愛は当たり前のように言った。

「じゃあ……」

「真鍋さんからいつ客が行くから、と連絡があると、私が待っていて、相手をするの」

「そんなこと……」

「初めは抵抗あったわ。でも、十七のときからやってるし、何もしないでお金もらってるのもいやだったから……」

「その男の着ていた物は？」

と、クロロックが訊く。

「奥の寝室」

「では、それで男の名前などは分かるだろう。男の落ちたベランダは？」

「寝室のベランダです」

「ですが、愛ちゃんが突き落としたなんて、あり得ないことなんです」

と、戸部が口を挟んで、

「男が落ちたとき、愛ちゃんは私と話していたんだから」

「話してた？　どこで？」

「お風呂場の電球が切れてたの」

と、愛は言った。

「それで、下まで、替えの電球をもらいに行ったのよ」

「それで私が買い置きの電球を出してきて——。何しろこの格好のままで来たんでね、部屋を出るときは、そういう格好はやめなさいと話してたんだ」

愛は、ガウンのベルトをしめ直して、少し顔を赤らめた。

「ちょうどそのとき、表で人の叫び声がして、出てみると、あの男が道に落ちて死んでいたんだよ」

と、戸部が言った。

「なるほど」

クロロックは肯いて、

「すると男は自分で飛び下りたのかな」

「でも、そんな気配、全然なかったわ」

と、愛が言った。

「だいたい、こんな所で自殺するなんて、変でしょ」

クロロックは考え込んでいたが、

「その寝室を見せてもらおう」

と、瀬川刑事へ、

「構わんかね？」

「もちろんでございます！　どうぞ！」

瀬川は、すっかりクロロックを「先生」扱いしているのだった。

――寝室には、大きなダブルベッドがあり、ベランダへ出るガラス戸が開いたままだった。

瀬川が、ハンガーにかけてあった背広のポケットを調べている間、クロロックは眉を寄せ、むずかしい顔で部屋の中を見回していたが……。

「――あの鏡台は、あんたの物か」

「ええ。母の使ってた物です」

と、愛が言った。

「古いけど、ずっと使ってます」

クロロックは、しばらくの間、その鏡台を見つめて動かなかった……。

過去の幻

「凄《すご》いなあ！」

橋口《はしぐち》みどりが、感動の声を上げて言った。

「私なんか、誰もパトロンになってくれない！」

「変なことで感心しないのよ」

と、大月千代子《おおつきちよこ》がたしなめた。

しかし、たとえ一緒にいたエリカが止めたとしても、あまり意味はなかっただろう。

ともかくあの事件のせいで、坂木愛《さかきあい》が、六十過ぎのパトロンを持つ身で、しかもその客の「接待」をしていたことまで週刊誌などで書かれてしまった。

大学中にその話が広まって、愛がちょっとした有名人になったのも当然のことだ。

ただ、みんな物珍しさも手伝って、愛のことを好奇心いっぱいの目で眺めはしても、決して非難はしなかったのである。

「――噂をすれば」

と、みどりが学生食堂の入り口の方を見て言った。

坂木愛が入ってきたのだ。

昼休みの学生食堂はやかましいこと、少々大声を出しても話ができないくらいだが、愛が一人で入ってくると、スッと潮が引くように静かになる。

愛は全く気に止めるふうでもなく、盆を手にして列に並んだ。そのうち、またざわめきが戻ってくる。

――愛の部屋から飛び下りたのは山崎《やまざき》という男で、例のパトロン、真鍋《まなべ》の取引先の重役だった。

しかし、なぜ山崎という男が飛び下りたのか、一向に事情は分からないまま、二週間近くが過ぎようとしていた。

「いい度胸だね」

と、みどりはまだ感心している。

「何が？」

と、エリカが訊《き》く。

「だって、その男の飛び下りた部屋にずっと住んでるんでしょ。私なら、お化けが出そうで、怖くて眠れない」

「みどりなら眠るよ」

「でも、トイレに一人じゃ行けない」

「そんなこと言っても、他に行く所ないいんだから、あの子」

「分かってる！　悪口じゃないの。本当に感心してるのよ」

みどりも、そういう点、素直である。

愛は他の子たちを避けるようにして、一番奥のテーブルに一人でつくと、食べ始めた。

「――捜査は進んでるの？」

と、千代子が訊く。

「今のところ、何も出てないみたい」

と、エリカはそろそろ食べ終わって、

「真鍋っていう、彼女のパトロンがずっと海外へ出てるらしいの。そのせいもあって、話が聞けないみたいよ」

あの、クロロックが催眠術をかけた瀬川《せがわ》という刑事が、毎日、

「本日の捜査状況をお伝えします！」

と、電話をかけてくるのである。

「お父さんも社長業が忙しくてね。珍しいけど」

「忙しいなんて結構じゃない。この不景気の中で。儲かってるの？」

と、千代子が商売人みたいなことを訊く。

「さあ。少なくとも、私や虎《とら》ちゃんたちを路頭に迷わすようなことはないと思うわ」

エリカがそう言って、お茶を飲み干したとき、また食堂の中が何となく静かになった。

「——あれ、誰？」

と、みどりが言った。

見るからに大学には不似合いな初老の男が立っていた。

「あの高そうなスーツから見て、先生じゃないよね」

と、千代子が鋭いことを言う。

「どうやら、あれが問題の『パトロン』らしいわね」

と、エリカは言った。

愛が食べる手を止めて、やや青ざめた顔でその男を見ていたのだ。

すると、一緒に入ってきていた、三十歳ほどの部下らしい男が、大股に愛の方へ歩み寄って、

「一緒に来なさい」

と言った。

「午後も授業があるの」

愛が言い返した。

「大学には来ないって約束だったでしょう」

「それどころじゃないだろう！」

と、その男が怒って、

「山崎さんがあんなことになって、大騒ぎなんだぞ」

「私のせいじゃないわ。こんな所で大声出さないで」

愛は声を震わせた。

「来るんだ！」

男が愛の手首をつかんで立たせようとする。

「痛いじゃないの！　放してよ！」

「黙って一緒に来い！」

と言った男の肩を、エリカがポンと叩いた。

「――何だ？」

「ここは大学です」

と、エリカは言った。

「それぐらい分かってる！」

「大学の中では、学生の都合が優先されるんです。お帰りください」

「余計な口を出すな！」

エリカが、男の手の上に手をかざして、「力」を送ると、

「ワッ！」

と、男の体が一回転して転がっていった。

「——あら、床運動の時間だった？」

と、エリカは目を丸くしてみせる。

「おい——」

と、立ち上がった男が、今度は後方へ宙返りして、ドスンと尻もちをついて呻《うめ》いた。

「おみごと！」

エリカは拍手した。

呆気《あっけ》に取られている真鍋の方へ歩み寄ると、

「真鍋さんですね」

「君は何だ？」

「愛さんの友人です。——愛さんは、大学の中でもいつも一人でいます。それはあなたへ義理立てしてのことですよ。あなたに大学へ行かせてもらっているという負い目があるから、普通の大学生らしくしていてはいけないと思っているんです。その愛さんの気持ちを考えてください。あの事件で、それでなくても、辛《つら》い思いをしているんです。そこへ、こんなことをされたら……。あなたも、愛さんの保護者なら、彼女を守ってあげるべきじゃありませんか」

エリカの言葉を聞いていた愛の目から涙が溢《あふ》れてきた。それを見ると、真鍋の表情が変わって、

「愛……。お前が泣くのを初めて見た」

と、呟《つぶや》くように言った。

そして、部下の方へ、

「行くぞ、井上《いのうえ》」

と声をかけると、周囲の学生たちを見回して、

「お騒がせして申しわけない」

と頭を下げた。

「社長――」

「愛はずっと約束を守っていた。俺はそれを忘れていた」

真鍋は愛の方へ、

「今夜、電話する」

と、ひと言、学生食堂を出ていった。

井上という部下が慌《あわ》てて後を追いながら、お尻を痛そうにさすった。

――愛が涙を拭《ふ》いて、

「エリカさん、ありがとう」

「さあ、早く食べないと、午後の授業が始まるわ」

「うん……」

愛は微笑んで肯《うなず》くと、腰をおろして食べ始めた。

「――ねえ、坂木さん」

と、他の子が近づいて、

「ダンス部員、足りなくて困ってるの。入ってくれない？」

「私が？」

と、愛がびっくりして、それでも嬉しそうに頬を染める。

「待って！　ずるいぞ！　――ね、それより演劇部！　美人がいなくて困ってるの！」

と、問題発言（？）が飛んできたり、他にもワイワイと愛の周りに人垣ができてしまったのだった……。


「泣かない子、か……」

と、愛は言って、芝生に腰をおろした。

「そう思われても仕方ないわね。本当に泣かなかったんだもの、この何年か」

「それって……」

「両親を亡くしたとき以来ね」

と、愛は芝生に寝て、空を見上げた。

——午後の授業も終わって、大学はだいぶ静かになっている。

「一度に亡くなったの？」

「ええ。でも、泣けなかったの。私」

「どうして？」

「私、十五歳だった。——本当はクラブで遅くなる日だったの」

愛は、淡々と言った。

「でも、お昼ごろから頭が痛くなって……」

愛は学校を早退して帰宅した。

マンションの七階に住んでいて、だいぶ古い建物なので、少し手狭だった。

エレベーターがガタゴト音をたててのんびり上がっていく。いつもは気にならないが、今日ばかりは早く着いてほしかった。

やっと七階に着き、廊下を急ぐと、ふと背後に物音がして振り返った。

誰もいない。——でも、何か気配が感じられた。

何だろう？

ちょっと気味が悪かったが、ともかく今は早く帰ってベッドへ潜り込みたい。

お母さんは今日出かけて帰りは夜になると言ってたし……。

愛は、鍵を取り出して玄関のドアを開けた。——頭痛のせいで、やはり少しぼんやりしていたのだろう、玄関に父の物とは違う、男物の靴があるのに気づいても、何も考えなかった。

自分の部屋へ行こうとして、両親の寝室のドアが細く開いて、中が薄暗くなっているのに気づいた。

お母さん、具合でも悪いのかな？

「——お母さん、いるの？」

と、小声で言って、ドアを開けると——。

「愛ちゃん……。どうしたの？」

母が鏡台の前に座って、髪を直していた。

カーテンを引いた室内は薄暗かったが、鏡台の所の明かりだけで、充分だった。——ベッドに見たことのない男の人が起き上がって、目をこすっている姿、そして、母が青くなって愛の方を見ているのが分かるには。

「私……頭が痛くて……」

と言いながら、もう頭痛はどこかへ飛んでいってしまっていた。

「愛ちゃん、部屋に行ってて。——ね」

と、母が立ち上がる。

「うん……」

わけが分からないまま、よろけるように部屋へ行きかけたとき、玄関のドアの閉まる音がして、

「──お父さん」

と、愛は言った。

父はいつもとは別人のようだった。仮面のように無表情な顔でやってくる。

さっき、廊下で誰かいるように感じたのは、お父さんだったんだ。──愛は呑気《のんき》にそんなことを考えていた。

今、どんな状況か考えもせずに。

「あなた──」

母の怯《おび》えた声。

父が寝室へ入っていくのを、愛は見た。

「やめて！」

と、母の叫ぶ声。

ベッドにいた男が、服を抱えて、転がるように飛び出してきた。

愛は、寝室の中を覗くのが怖かった。

カーテンが開いたらしく、明るい光が寝室のドアから廊下へ射してきた。

愛は、しばらくしてから、こわごわ寝室の入り口に近づいて、

「お母さん……」

と、中を覗いてみた。


「お母さんは、鏡台の前で倒れてた」

と、愛は言った。

エリカは息を呑む思いで聞き入っていたが、

「じゃあ……」

「お父さんが殺したの。お母さんが浮気してるのを、前から知ってたらしい。私、何も気がつかなかったけど」

「中学生でしょ。当たり前だわ」

「そして——お父さんはベランダから飛び下りて死んだ」

「寝室のベランダから？」

「ええ。妙な偶然よね」

と、愛は言った。

「そうね」

「だから私、泣けなかったの。お父さんのことも、お母さんのことも好きだったけど、お母さんは他の男と浮気してた。お父さんはお母さんを殺した。――これじゃ泣くわけにいかないでしょ」

そう言って、愛はちょっと笑ったのだった……。

密　室

マンションへ帰って、真鍋《まなべ》が居間のソファでうたた寝しているのを見ても、愛《あい》は別にびっくりしなかった。

毛布を持ってきて、かけてやると、真鍋は少し身動きしたが、そのまま眠っている。

「――ごめんなさい」

と、愛は一緒にやってきたエリカへ言った。

「いいのよ。――疲れてるみたいね」

と、真鍋の方へ目をやる。

「もう六十ですもの。四十代のころのままの忙しさで、海外を飛び回ってる。無茶よね」

愛は台所へ行くと、

「紅茶でも?」

と訊《き》いた。

「ありがとう。いただくわ」

エリカは、真鍋が愛をただオモチャのように可愛がっているのでなく、ここではきっと気が休まるのだろうと思った。

口を開けてぐっすり眠りこけている姿は、安心し切っているようだ。

「会社でも、周りは敵ばっかりだ、とか言ってる。でも、そういう緊張感が楽しいのね、きっと」

と、愛は笑って言った。

二人で紅茶を飲みながら、エリカは口を開いた。

「あなたの『前科一犯』って何だったの？」

「うん……。初めて、真鍋に言われて『接待』したときにね——。怖くて逃げ出そうとしたの。玄関の所でもみ合いになって、私、相手の手に思い切りかみついちゃった」

と、思い出し笑いをして、

「ちょうど廊下へ飛び出したら、同じ階の人が通りかかってね、男の人が手から血を流しながら出てきたもんで、びっくりして一一〇番しちゃったのよ」

「それで？」

「まさか『仕事です』とも言えなくて、結局私がその男を連れてきて、お金をとろうとして見つかったので暴れたってことにしたの」

「ひどいわね」

「でも、そうしないと真鍋の立場がないでしょ。それで前科一犯」

「やり直したら？　こんなこと、続けてたら良くない」

「分かってるけど……。真鍋も悪い人じゃないのよ」

エリカにもそれは分かった。だからこそ、厄介なのである。

「もう一度寝室を見せてもらっていい？」

「どうぞ」

エリカが一人で寝室へ入って、明かりを点《つ》けると、ふっと何かの気配を感じた。

誰かいる？

しかし、寝室の中には、確かに他の人間などいない。

「——帰ってたのか」

居間の方から、真鍋の声がした。

「さっき。何か食べる？」

「いや、もう帰る。——今日は悪かった」

「いいのよ」

エリカは、寝室で二人の会話に耳を傾けていた。

「いい友だちがいて、良かったな」

「うん」

「俺は――」

と言いかけてためらうと、

「山崎《やまざき》さんのこと、どうだったんだ。本当のことを言ってくれ」

「あの通りよ。本当に何もなかったの」

「――そうか。すると自殺かな、やっぱり」

「たぶんね。でも、そんなふうに見えなかったけど」

「ああ……。しかし、人の気持ちってのは分からんものだ」

と、真鍋は言った。

「――帰る」

「何か話があったんでしょ」

少し沈黙があって、愛が言った。

「お客さんね」

「うん……。いいのか」

「私はいいけど、大丈夫なの、あんなことがあったのに」

「向こうはぜひと言ってる」

「前に来たことのある人？」

「竜野《たつの》さんだ」

愛はしばらくしてから、

「——いつ？」

「明日、上京してくる。夜は一緒に食事してくれるか」

「はい」

「その後、ここへ送る」

「竜野さん……。あの人自身が？」

「そうなんだ。お前のことが忘れられないらしい」

「変な人ね」

と、愛は大して気にしていない口調だ。

玄関で真鍋を送り出すと、愛は寝室へやってきた。

「——もう目をさまして帰ったわ」

まさかエリカに話が聞こえていたとは思うまい。

「そう。じゃ、私も……」

「何かあった？」

「別に」

と、エリカは首を振った。

「それじゃ——」

居間へ戻ったとき、玄関のドアを叩く音がした。

「真鍋が忘れ物でもしたのかしら」

「私、台所にいるわ」

と、エリカは隠れた。

愛はドアを開けて、

「——井上《いのうえ》さん」

真鍋の部下である。

「今日はひどい目に遭《あ》わせてくれたね」

と、中へ入り、上がり込む。

「真鍋さんなら、もう帰ったわよ」

と、愛は言った。

「勝手に上がらないで」

「偉そうな口きくな！　僕が君の生活費を振り込んでるんだぞ」

「あなたのお金じゃないでしょ」

「生意気言うな！」

井上がいきなり平手で愛の頬を打った。

エリカが思わず出ていこうとすると、

「平気よ。殴られるのなんて小さいころから慣れてるわ」

と、愛は平然としている。

「要するに、みんなの前で恥かかされて、頭に来てるってわけね」

「もう少し遠慮しろよ。僕だって、君の雇い主の秘書だぞ」

プライドを傷つけられた、というわけだろう。

「——分かったわ」

と、愛は言った。

「私の『お客』になりたいのね？　——いいわよ」

「本当か？」

「ええ。でも、汗くさい人は嫌い。シャワーを浴びて、待ってて」

「——分かった」

少し間があって、愛が台所へやってきた。

「鼻歌なんか歌って、シャワー浴びてる。おめでたい奴！」

「放っとけばいいのに」

「うん。——二人で出かけない？　これ、持って」

「それ、何なの？」

「あいつの脱いだ服。その辺に捨てていこうと思って」

「いいわね！」

エリカは即座に賛成した。


「虎の威を借る狐ってやつね」

エリカは、愛と二人でマンションのロビーへ出ると言った。

「秘書なんて仕事、ストレスばっかりなんでしょうね、きっと。弱い者に八つ当たりするくらいしかできないなんて、寂しい」

と、愛は言った。

「真鍋さんは、何の用で来てたの？」

わざと訊いてみると、愛は少したためらってから、

「ただ休みに来たみたいよ。ここだとゆっくりできるらしいわ」

二人はマンションから夜の通りへ出た。

そこへ、管理人の戸部《とべ》が、コンビニの袋をさげて戻ってきた。

「やあ、愛ちゃん。今からお出かけかい？」

「ええ、この子とその辺まで。――そうだ。これ、後で私の部屋へ届けてくれる？」

「何だ？　服かね」

「井上さんの服。一時間くらいしてからでいいから」

愛の言葉で、戸部は察したらしく、

「うんと寒い思いをさせてやろう」

と、服を詰め込んだ手さげ袋を受け取った。

「よろしく」

と、愛が言って、エリカは一緒に歩き出したが――。

「ね、あなたの部屋の寝室のベランダって、どこ？」

と、エリカはマンションの建物を見上げて訊いた。

「ええと……。この上よ。同じ位置にずっとあるでしょ。その五階」

と、指さす。
一、二、三と数えて、五階のベランダへ目をやったとき、
「明かりが漏《も》れてる」

と、エリカは言った。

「本当だ。カーテン閉めてあるのに」

「――見て！」

ベランダに、誰かの姿が見える。

「井上さんだ」

と、愛は言って、目をみはると、

「何してるの？　――危ない！」

と叫んだ。

「助けてくれ！」

井上が叫ぶのが聞こえた。そして、井上の体はベランダの手すりを乗り越え、落下してきたのだ。

「そんな――」

と、愛が言いかける。

井上は、バスローブをはおったまま、真っ直ぐに落ちてきた。

エリカは、とっさに愛を抱きかかえるようにして数メートルも飛びのいた。

一瞬、エリカはエネルギーを感じた。

ドサッと井上が道に落ち、呻《うめ》き声を上げる。

「――お父さん！」

クロロックがやってくるのが見えた。

「大丈夫か？」

「うん。――この人を支えたんだね」

井上は道に倒れて呻いている。――普通なら当然即死だ。

　クロロックが落下してくる井上を、「力」を送って支え、ショックをやわらげたのである。

「息があるわ。愛さん、戸部さんに言って救急車を！」

「分かった！」

　愛が駆け出していく。

「——一人でいたはずなのに」

　と、エリカは言った。

「うむ。しかし『助けてくれ』と叫んでおった」

「聞いたわ。自殺じゃないってことね」

「何があったのか、この男から聞いてみよう」

　と、クロロックは言った。

「これで二人目……。でも、愛さんがやったんじゃないのは確かよ」

「分かっている」

　クロロックは頭上のベランダを見上げて、

「しかし、あそこに何かあるのは確かだ」

「私も……さっきあの寝室にいて、誰かいるみたいに感じた」

「そうか。——ともかく、この男の話を聞こう」

しかし、今は井上も苦しそうに呻くばかりで、とても「話を聞く」どころではなかった。

愛が駆け戻ってきて、

「すぐ救急車が来ます！」

と言った。

「でも――よく助かりましたね！」

「人間、運不運ということがあるものだ」

と、クロロックは言った……。

再会

車がマンションの前で停まった。

「懐かしい」

と、竜野《たつの》は言った。

「怖くない？」

と、愛《あい》は訊《き》いた。

「知ってるよ。――昨日も、真鍋《まなべ》さんの秘書が飛び下りたそうだね」

「ええ」

「僕は怖くない」

竜野は微笑んで、

「むしろ、君の歯の方がずっと怖いね」

愛はちょっと笑った。

「そうそう。君も変わった。二年前は、ただ青くなって震えていた女の子が、そうして笑っている。——大人になったんだね」

「なりたくてなったんじゃないわ」

と、愛は言い返して、

「入りましょう。寒いわ」

と、マンションのロビーへ入っていく。

「——お帰り」

管理人の戸部《とべ》がロビーへ出てきた。

「ただいま。まだ仕事？」

「住み込みの管理人は二十四時間が仕事さ。玄関の鍵をかける時間だ」

戸部は竜野を見て、

「お客さんかね」

「ええ。——そうか。戸部さんはあのころいなかったのね、まだ」

愛はそう言って、インターロックの扉を開けると、竜野と一緒に中へ入っていった。

戸部は二人がエレベーターの中へ姿を消すまで見ていたが、やがて小さく首を振って、ロビーから外へ出入りする戸を中からロックした。

カシャッ、と音がして、ロックが外れる。

「——何だ？」

もう一度かけると、また外れる。

表の暗がりに、黒いマントをまとったクロロックの姿が現れる。

「あんたでしたか。——ふしぎな人だ」

クロロックはロビーへ入ってくると、

「ふしぎはお互い様だろう。あの娘にあんたが寄せる感情は、普通ではない」

「何のことです？」

「あんたの名は戸部というのではないだろう、ということさ」

と、クロロックが言うと、

「——まあ、そうです」

と、管理人は肯《うなず》いて、

「戸部というのは、死んだ家内の旧姓でした」

「あんたの名は坂木《さかき》。違うかね」

「その通りです。坂木徹《とおる》。——愛の父親は、私の弟でした」

「だいぶ年齢が離れていたわけだね」

「ええ。私は若いころ家を出て、あちこち放浪していたので、愛にも、その母親にも会ったことがなかったんです」

「坂木徹さんか。——まあ『戸部』もよく似合う。とりあえず、五階へ行こう」

「また何か起こると？」

「おそらくね」

と、クロロックは肯いた。

「前の山崎《やまざき》という男も、あんたが殺したわけではないんだな？」

と、エレベーターに乗り込んで、クロロックは訊く。

「不可能ですよ。それは——私が弟のしたことを知り、愛が一人でここにいると分かったとき、もう愛は『お客』の相手をするのに慣れてしまっていた。もちろん、あの子をこんなふうにしておきたくはありませんが、といって、今の私にはどうすることもできない」

と、戸部は苦々しい思いを口調ににじませた。

「私に、あの子を養って、大学へやる金でもあればともかく……」

「人はパンのみにて生きるにあらず、だ」

と、クロロックは言った。

「パンだってなきゃ、生きられませんよ」

と、戸部が言い返した。

五階に着くと、二人は廊下を歩いていった。

「どうするんです？　今、『お客』が来てるのに」

「いや、そろそろ何か起こるころだ」

「何が起こるって言うんですか？」

と、戸部が言ったとたん――。

玄関のドアが開いて、ガウン姿の愛が出てきた。

「――あ、戸部さん」

「何だ。どうした？」

「明かりが消えちゃったの」

「消えた？　それじゃ、ブレーカーが――」

「私も、それなら分かるから、ドアの上の所を見たけど、ブレーカーは落ちてないのよ」

「それは妙だな」

と、戸部は言って、

「調べてもいいのかい？　あの『お客』は……」

「今、寝室にいる」

と言って、愛は目を伏せた。

「――竜野という男は、君の初めての客で、手にかみついた相手だね」

と、クロロックが言った。

「ええ……。でも、とてもいい人なんです。――あの人も、却《かえ》ってあのことで私が忘れられなかったって……。もちろん、私は十九で、竜野さんは五十過ぎだってこと、分かってますけど……」

「何も変わった様子はないかね?」

「ええ、今のところ——」

と、愛が言いかけたとき、ガラスが激しく砕ける音がした。

「助けてくれ!」

という声が聞こえる。

「竜野さんだわ!」

「ここにいなさい!」

クロロックは部屋へ飛び込んだ。

中は真っ暗だが、クロロックは暗がりの中でも目がきく。寝室のドアを開けると、正面のベランダへ出る戸のガラスが割れて、大きな穴があいていた。

そしてベランダには誰もいなかったのだ。

「行くな!」

と、クロロックが鋭く言った。

部屋の中は明かりが消えているのに、青白い光で照らされている。それは、鏡——あの愛が持ってきていた古い鏡台の鏡から、まるでTVの液晶画面の放つ光のように、青白い光が射していたのである。

「――竜野さん！」

暗がりの中、愛がクロロックを追ってやってくると、大声で呼んだ。すると、鏡が発していた青白い光が一瞬のうちに消えて、同時に室内の照明が点《つ》いたのである。

「竜野さんは？」

と、寝室へ入ってきた愛が訊く。

そして、ベランダへ出る戸のガラスが砕けているのを見ると青ざめて駆け寄ろうとした。

「待ちなさい！」

クロロックが押し止《とど》め、

「ガラスの破片で足を切る。――ここにいなさい」

クロロックは戸を開けてベランダへ出ていった。

そして、下を覗き込むと、

「エリカ！　どうだった？」

と、声をかける。

すると――すぐ下から、

「大丈夫。気絶してるけど、けがはしてないわ」

と、返事があった。

「ご苦労。ここへ運んできてくれ」

クロロックはそう言っておいて、寝室の中へ戻った。

「――どうしたんだね？　また飛び下りたのか」

と、戸部が訊く。

「エリカが一階下で受け止めた」

「四階のベランダで？」

「うむ。こうなるだろうと思っていたので、待機させておいた」

「待機させた、って、あんた――」

と、戸部が目を丸くしたが、

「ま、しかし、あんたの娘さんだ。ふしぎはないかもしれんな」

それを聞いてクロロックが、

「いや、女というのは、いざというとき、とんでもない力を出すものなのだ」

と、しみじみと言った（なぜしみじみなのかは、結婚すると分かる、と作者から言っておこう）。

鏡台

「どうしたんだ！」

と、真鍋《まなべ》が入ってくるなり言った。

「また、飛び下りたのよ」

と愛《あい》が言って、ソファに横になっている竜野《たつの》を見やると、

「でも、大丈夫。気を失ってるだけ」

「何てことだ！　どうなってる？」

真鍋は息をついて、座り込んだ。

「私にも分からないわ」

と愛は肩をすくめた。

「しかし……偶然のわけがないだろう」

「そう言われても、分からないものは分からない」

「俺の大切な取引先だぞ！　死なれたら、会社がどうなったか」

「私に怒らないで」

と、愛は言い返した。

真鍋はいきなり愛の腕をつかむと、

「来い！」

「何よ！　痛いじゃないの。離してよ」

と言いつつ、愛は真鍋に寝室へ引っ張っていかれた。

「――やめて！　ガラスが割れてるのよ」

「構うもんか！　何が起こったのか、俺自身が確かめてやる！」

真鍋は、愛をベッドへ押し倒した。

「やめて！　――こんなこと、いやよ！　――お願い！」

愛は抵抗した。

真鍋は、いつも愛に対して彼なりにやさしかった。こんなふうに押さえつけて思うままにしようとするのは初めてだった。

「うるさい！　お前は俺がここに置いてやってるんだ！　文句を言うな！」

真鍋の重みの下で、愛は次第に力を失っていった。

「それでいいんだ。――おとなしくしてりゃいい」

と、真鍋が言った。

そのとき、部屋の明かりがスッと消えた。

「――どうした？」

真鍋が不安げな声を上げる。

そして、ベッドを出ると、ドアの方へ行って、明かりのスイッチを入れたり切ったりしてみたが、明かりは消えたままだった。

「畜生！」

と呟《つぶや》くと、ベッドへ戻り、手探りで中へ潜り込む。

「いたのか。逃げたかと思ったぞ」

と、女の体を抱きしめたが――手が濡れた。

何だ？

真っ暗なのでよく分からない。

起き上がると――ふしぎな青白い光が寝室を照らし始めた。その光は、古い鏡台の鏡から放たれているようだ。

「――どういうことだ」

と言って、ふと自分の手を見た真鍋は、仰天《ぎようてん》した。

手にべっとりとついているのは血だった。

「愛！　お前――」

と、毛布をはぐと、ゆっくり起き上がってきたのは、愛ではなかった。

白いネグリジェの胸を真っ赤な血に染めた、中年の女性だった。

「——早織《さおり》」

真鍋は真っ青になって、

「どういうことなんだ！　幻なのか？　どこかへ行け！」

愛の母、坂木《さかき》早織はベッドから出て、じりじりとさがる真鍋を追いつめていった。

「あなたが……」

と、早織が苦しげに絞り出すような声を出した。

「愛を本当に可愛がり、好いていてくれると思ったから、見逃していたのに……。あなたの本心が今、分かったわ！」

「待て。——待ってくれ。つい苛々《いらいら》して……。俺は愛が好きだ。本当だ」

「もう遅いわ」

早織が両手を真っ直ぐにのばす。それから逃れようとして、真鍋はどんどんベランダの方へ近づいていった。

そのとき、

「もうやめなさい」

と、声がした。

早織が振り向く。――同時に、真鍋は気を失って床に崩れるように倒れた。

クロロックが、寝室へ入ってくるとドアを閉めた。

「あなたは……人間ではないんですね」

と、早織が言った。

「その点では、似た者同士というわけだ」

と、クロロックは言った。

「あなたは誰です？」

「まあ、落ちついて話をしよう」

クロロックは、穏やかに言った。

「愛は――」

「あの娘《こ》は居間で眠っている。――あの子の母親として、娘の行く末が心配だったことはよく分かる。しかも、自分を殺したのが夫ではな」

「あの子は一人ぼっちになってしまう。――死に切れなかったんです。死にたくない、生きていたい、と願いました」

早織は肩を落として、

「そして気がつくと、この鏡台の中に自分がいるのが分かったんです」

「それを、娘さんも感じていたのかもしれんな。だから大切に運んできて使っていた」

早織は肯《うなず》いて、

「もちろん、あの子の顔を中から見られることは嬉しかったんです。でも、あの子には私が見えないし、それに、この部屋であの子が――」

と、絶句した。

「辛《つら》い気持ちは分かる。――真鍋が、娘さんの面倒を見たのは、あんたの死に責任を感じたからだな」

「よくお分かりですね。私も、今の愛と同じことをしていたんです」

「つまり、真鍋の客の接待をしていた、というわけだな」

「はい。――真鍋との仲が一年余り続いて、そのうち、彼に頼まれました。いやでしたが、断り切れず……。夫が踏み込んできたときもそうだったんです」

「それで、真鍋は娘さんを自分が育てようと思った。しかし、一方で、娘さんが成長すると、女としてひかれていったんだな」

「私は、それを黙って見ているしかありませんでした。でも――愛が、私と同じように見も知らない男を『お客』にしているのを見て、怒りがこみ上げてきて……」

「そして、その力を鏡の外へ及ぼすことができると気づいた」

「そうなんです。――何度も必死で気持ちを集中させて、軽々といろんなことができるようになりました。それで愛を守ってやりたいと思ったんです」

「だが、それは人を殺すことなのだ。自分のしたことでなくても、娘さんは悩むだろう」

「ええ。——もうおしまいにしようと思いました。でも、今、真鍋のことを見ていてカッとなり……」

「そうだな。もしこれが私の娘なら、やはりひねり殺しているところだ」

と、クロロックは言った。

「しかし、娘さんは自分の力で生きていける。大丈夫だ」

「そうでしょうか」

「私に任せなさい」

と、クロロックは安請け合いをして、廊下で聞いていたエリカにため息をつかせたのだった……。


「——エリカ」

と、愛が目を開けて、

「私——お母さんを見た！」

と起き上がる。

「きっと、あなたを守りたかったのよ」

と、エリカは肯いて言った。

「私……どうしたの？　真鍋は？」

そのとき、寝室から、

「助けてくれ！」

と、叫び声がした。

「真鍋だわ！」

愛が急いで駆けつけると、真鍋がベランダの手すりから、外側へぶら下がっている。

「愛！　助けてくれ！」

と、かすれた声を上げる。

「分かったわ、待って！」

愛は急いでシーツをはがすと、細く巻いて、

「これをつかんで！」

と、真鍋の手の中へ押し込む。

「危ないわ、愛さん」

と、エリカが言った。

「あなたも一緒に落ちちゃうかもしれないわよ！」

「でも、放っとけない！　――お願い、助けて、エリカ！」

エリカは微笑んで、

「やさしいね、あなたって」

と言うと、真鍋のえり首をつかんで、

「ヤッ！」

と、力を入れて引っ張り上げた。

真鍋はベランダに座り込み、汗びっしょりになって、しばらく口もきけない様子だった。

「愛さんの気持ちを、よく考えてあげてください」

と、エリカは言った。

「お金をあげるのが愛情じゃないんです。愛さんも、自分の力で大学へ行くことを考えるべきだわ」

「エリカ……」

「それじゃ」

エリカは寝室を出た。

鏡台の鏡が、ふと青白い光を放って、それはすぐに消えた。

「――立てる？」

愛に支えられて、真鍋はやっと立ち上がった。

「すまん……」

「さ、横になって」

「愛……。俺は間違っていた」

と、真鍋は言った。

「私もよ」

「働くか」

「ええ。——できたら、夜学へ通うわ」

愛の笑顔には、屈託がなかった……。


「——じゃ、愛って、今、お父さんの会社にいるの？」

と、千代子《ちよこ》が言った。

「そうなの」

エリカはお昼休み、芝生に腰をおろして、いつもの二人とおしゃべりしていた。

「ちゃんと出てきてるじゃない」

と、みどりは言うと、愛が男子学生と話しながら歩いているのを見送って、

「授業に出てるかどうか、分からないけど」

「お父さん、愛さんを夜のガードマンに雇ったの。昼間大学へ来られるように、って」

「ガードマン？」

と、みどりが呆気《あっけ》に取られて、

「できるの？」

「何とかやってるみたい」

「へえ……」

クロロックは、鏡の中の早織との約束で、愛を雇ったのはいいが、それが涼子《りょうこ》にばれると怖いので「夜の勤務」に回したのである。

「――エリカ！」

と、愛が手を振る。

「すっかり明るくなったわね」

と、千代子は言った。

今も真鍋は、愛に生活費を出しているが、もう手は出さず、もちろん「お客」を取らせることもなかった。

愛は、

「お金は将来働いて必ず返す」

と言っていた。

もらうのでなく、借りる。――その違いが、愛を大きく変えたのだ。

「ね、エリカ！　何か甘いもん、食べよ」

と、みどりが立ち上がった。

少なくとも、この三人は一向に変わらない様子だったのである……。

解　説

名越康文

解説を担当させて頂く私がいきなりこんなことを言ってはいけないのかも知れませんが、本作『吸血鬼と怪猫殿』は解説を必要としないくらい読みやすく楽しい小説です。

読み終えた今、改めて考えてみると非常に女性的な脳の使い方で読んでいたことに気付きました。それは、無意識にですが、この小説を最高に楽しく読むには、理屈や論理性を追求する男性的な脳を使った読み方よりも直感的で三次元的、映像的にとらえる女性的な脳を使った読み方が適していると感じたからだと思います。

「土曜の夜と吸血鬼の朝」では、三十路《みそじ》を過ぎた俳優の立花《たちばな》が、突然、膝も曲げず、腰も落とさず、一切の反動なしに大きな机の上に飛び乗るシーンがあります。そのシーンは非常に映像的な表現がされていて、僕の頭の中に机に飛び乗る立花の姿が大きな違和感とともに浮かびました。なにしろ普通の人間が勢いもつけずに机に飛び乗るのですから違和感を覚えて当然です。その映像が浮かんだ瞬間に読者である私は、その違和感を埋めたいという思いとその世界にリアリティを乗せる責任を同時に感じました。映像が浮かぶということはその物語が自分の世界の一部になったということです。人間の心理として、自分の一部になったものに対して、違和感を取り除き、説明を付けたくなるものなのです。

赤川先生は読者にシーンの絵を思い浮かばせることで、ある意味で読者を物語作りの共犯関係にしてしまいます。共犯関係になった読者は、思い浮かべた映像をよりリアルなものにするためにどんどんと物語の中に入り込んでいく。そうして、物語を読み進めて行くことで、立花が実は狼男の末裔《まつえい》であるという事実を知った時に妙に納得してしまいました。違和感を埋められた安心感とその世界のリアリティを成立させる責任を果たした達成感がとても心地いい読後感を与えてくれました。それが赤川作品を読者の方々が一気に読み終えてしまうモチベーションになっているのだと思います。

また、「土曜の夜と吸血鬼の朝」「吸血鬼と怪猫殿」「吸血鬼に賞罰なし」を通して、人間の善性と引き起こした事件の悪性を切り離して描かれているところに赤川先生の作家としての気骨を感じました。

特に「吸血鬼に賞罰なし」に出てくる真鍋《まなべ》という男は、行為だけとらえると最悪な男です。十五歳の身寄りの無い少女・愛《あい》を愛人にして、十七歳からは〝客〟に〝接待〟までさせている。さらには、愛の両親の死の原因は、真鍋が少女の母親にも同じことをさ

せていたからという最悪な男です。にも拘《かかわ》らず、愛とエリカのやり取りの中で

「やり直したら？　こんなこと続けていたら良くない」
「分かってるけど……。真鍋も悪い人じゃないのよ」
エリカにもそれは分かった。だからこそ厄介なのである。

というシーンがあります。当たり前の社会的価値判断では悪人と判断される真鍋を本質的には善人として描いています。当たり前の社会的判断を超えたところで真鍋の人間性が判断されているのです。悪事を働いたという社会的事実があっても、そのキャラクター、ひとりひとりにそこにいたる人生の真実や因果関係があることをエピソードとして描いてはいないもののしっかりと見据えている。社会の価値判断を認めた上で、その価値判断の内側と外側を自由に行き来する柔軟な姿勢がこの作品の魅力を生み出しているのだと思います。悪事を働いた人間も悪事によって傷付いた被害者も、みんながある意味垣根なくどこかにそれぞれの居場所を得られないかという、赤川次郎の人間観の深みを感じざるを得ません。

そして、「だからこそ厄介なのである」という表現にも大きな意図を感じます。それは、勧善懲悪《かんぜんちようあく》的な裁きではなく、大岡裁き的とでもいいましょうか。善人が犯した罪

や悪人が行った善行をどうとらえるかという一定の価値判断で裁いても何の解決にもならない出来事をどう考えるのかという問いの提示です。答えはおそらくありません。赤川先生も意図的にその判断をかかれていないように思います。だからこそ、この三作は、状況の変化はあるものの、どこか、この先にも物語が続くように感じられるのだと思います。これは、落語や浄瑠璃《じょうるり》にも通じるものがあるのですが、そこに真の人間らしい物語があるのだと思います。

作中のこのような価値判断が違和感なく読めるのは、クロロックの存在が大きいように思います。彼は、ものすごく長い時間を生きて来た吸血鬼で、人間の歴史のいい面も悪い面もそれこそ歴史の中で見てきています。

善人が犯罪者として収監されたり、また悪人が英雄扱いされたり、善政だと思って敷いた政治が社会にとってはとんでもない悪政になってしまったり、逆に悪政だとみんなが思っていた政治が結果として、けっこう裕福な世界をつくったりする。そんな人間の矛盾《むじゅん》をはらんだ歴史を見てきたクロロックという存在がいることで善悪が混然となった世界を軽やかに描けるのだと思います。

クロロックが持つ気まぐれで、達観した世界観が作品の自由度を上げているように感じます。

赤川先生の出版冊数が六百冊を越えたと伺いました。これは、本当にすごいことです。たくさんの作品を創りだせる能力の説明はできませんが、精神医学の世界で、恋愛が出産・育児の代替行為または、トレーニングであるという説があります。これは、あくまで一つの説なので多くは語りませんが、この「恋愛」の部分を「創作活動」や「執筆活動」に置きかえると非常にしっくりくるなと私は考えます。

出産・育児には、妊娠、出産、育児という段階があります。妊娠・出産は苦痛の極地と快感の極地を同時に経験する女性にしか経験できない行為です。命をはらみ、体内で自分の栄養を分け与えながら育て、非常な痛みと共にこの世に生み出す。同時に子を生み出した瞬間に情愛という快楽も得ます。男性は、女性と比べて情愛の獲得はふつう遅れてやってきます。育児の段階に入って、何度も何度も繰り返し子供と接することで時間をかけて深めていくのです。

作家は、男性、女性という区別を越えて、人間として、この妊娠・出産・育児をすべて経験していくのではないでしょうか。自分の中に芽生えたメッセージや物語を苦労して、苦労して、一つの作品に練り上げ、書き上げる。作品ができたときに感じる快楽はすさまじいものだと思います。そして、多くの読者がそれぞれの読み方で作品をとらえ、感想をくれる。自分の子供が愛《め》でられ、褒《ほ》められるのは、親にとって至上の喜びであるように作家にとっても、作品が愛でられ、褒められるのは、大きな喜びだと思います。

出産になぞらえ、作品を生み出す苦痛と快楽が音楽活動や芸術活動なども含めた全ての文化的行為の基本にあるととらえるのは非常に有効ではないかと考えます。

その中でも赤川先生は、異常と呼べるほどの多作です。それは赤川先生が、作品を生み出す苦痛よりも喜びの部分を強く感じられる方なのだからでしょうか。もしかしたら苦しみすら楽しんでいるのかもしれません。

そんな赤川先生の作品や作家としての姿勢は、私も見習わなくてはと思います。


(なこし・やすふみ　精神科医)

この作品は一九九八年七月、集英社コバルト文庫より刊行されました。